# 花儿与少年

THE FLOWERS & THE YOUTH


*Written by Yan Geling*

〔美〕严歌苓 著



四川文艺出版社

**图书在版编目（CIP）数据**

花儿与少年 /（美）严歌苓著. — 成都：四川文艺出版社，2019.7
ISBN 978-7-5411-5390-7

Ⅰ. ①花… Ⅱ. ①严… Ⅲ. ①中篇小说—小说集—美国—现代 Ⅳ. ①I712.45

中国版本图书馆CIP数据核字（2019）第112368号



著作权合同登记号：图进字21-2019-305

HUAER YU SHAONIAN

# 花儿与少年

［美］严歌苓　著

策划出品　磨铁图书
责任编辑　赵海海　燕啸波
责任校对　汪　平

出版发行　四川文艺出版社（成都市槐树街2号）
网　　址　www.scwys.com
电　　话　028-86259285（发行部）　028-86259303（编辑部）
传　　真　028-86259306

邮购地址　成都市槐树街2号四川文艺出版社邮购部　610031
印　　刷　三河市文通印刷包装有限公司
成品尺寸　145mm × 210mm　　开　　本　32开
印　　张　8.25　　字　　数　140千
版　　次　2019年7月第一版　　印　　次　2019年7月第一次印刷
印　　量　10000　　书　　号　ISBN 978-7-5411-5390-7
定　　价　45.00元

# 目 录

*Contents*

# 花儿与少年

## 1

徐晚江心想，死也得超过这个，省得他老回头对她挤眉弄眼。

这人至少一米九的个儿。二十五岁，或更年轻些。晚江断定他不比九华年长多少。她紧咬上去，与他之间仅差五米。不久，四米，三米。她已超过了一个四十岁的红发男人和一对女同性恋。海水正蓝，所有长跑者都被晚江杀下去。只耗剩了“一九〇”。

她的两条腿非常优秀。谁若有稍好的眼力，会马上识破：这是两条被从小毁了又被重塑的芭蕾舞腿。

“一九〇”又一次回头。他向晚江眨动一下左眼，飞快一笑。他的五官猛一走样。晚江知道，她自己的面容也是忽丑忽美。每个长跑者的面孔都是瞬间这样，瞬间那样，飘忽不定。

只差两米了。晚江拿出当年上弹板助跑的速度。

“一九〇”听着她柔韧的足掌起、落，起、落。他认为不妨再给一个勾引的微笑。谁让她找死？她这样死追他，不就是猎物追猎手吗？不如再进一步逗逗她。他让她超了过去。

现在是猎人追兔子了。晚江想，这下你别想再往我胸脯上看，变相吃我豆腐。

“一九〇”总算领教了晚江的实力。他动真格的了，撒开蹄子狂奔，打着响鼻，碗口粗的喘息吹在晚江后脑勺上。晚江绝不能让他追上来，跟她并肩前进。那样瀚夫瑞会误会他年轻的妻子和“一九〇”的金发青年勾搭上了。

前方是那个古炮台。转过弯后，就彻底安全了。瀚夫瑞即便用望远镜，也休想继续盯梢。晚江只能用长跑甩掉瀚夫瑞，否则他可以全职看守她，他把它看成两情相守。十年前，他把晚江娶过太平洋，娶进他那所大屋，他与她便从此形影不离。他在迎娶她之前办妥退休手续，就为了一步不离地与她厮守。晚江年少他三十岁，有时她半夜让台灯的光亮弄醒，见老瀚夫瑞正多愁善感地端详她。如同不时点数钞票的守财奴，他得一再证实自己的幸运。

此后，瀚夫瑞果真说话算话：跟着晚江上成人学校，她学英文，他修西班牙文、音乐史、美术欣赏、瑜伽，有什么他修什么，只要他能和晚江同进同出。他一生恶狠狠工作，恶狠狠投资存钱，同时将大把时间储下，多少钟点、多少分秒花销在晚江身上，都花得起。何况他认为晚江疑点颇大，甚至有“前科”。“前科”发生在进成人学校第二周，晚江班上的老师临时有急事，晚江就被同班的墨西哥小伙子约到咖啡室去了。等瀚夫瑞心如火焚地找着她时，那墨西哥小老乡着迷地盯着晚江跟瀚夫瑞打招呼：“您的女儿真美丽。”往后瀚夫瑞更不敢大意。直到晚江的女儿仁仁开始上学那年，晚江对瀚夫瑞说：“明天早上我要开始长跑了。”瀚夫瑞说：“长跑好啊，是好习惯。”第一个早晨晚江就明白，瀚夫瑞根本不是对手。在三四百米光景，他还凑合跟得上她；到了五百米，他惨了，眼睛散了神，嘴唇垂危地张开。他深信自己会猝然死去，并在晚江眼里看到同样的恐惧。那以后，他就在四百米左右慢下来，眼巴巴看晚江矫健地撒腿远去。

那以后，晚江就这样沿着海湾跑，投奔她半小时的自由独立。

废弃的炮台出现了。晚江开始减速，为全面停止做准备。对身体的把握和调控，晚江太是行家了。十岁开始舞蹈训练的晚江，是玩四肢玩身板玩大的。“一九〇”大踏步超过去，人渐渐没了，脚步声却还在炮台古老的回音里。不一会儿，红发男人也赶上来。晚江想：他们你追我赶往死里跑图什么？他们又不缺自由。

女同性恋两口子也赶上来了。

晚江进一步放慢速度。他们这么鬼撵似的跑，又没人等在前头。而晚江是有人等的。很快，她看见九华的小卡车停在一棵大柏树下。晚江和九华从不事先约定。九华若时间宽裕，便在这儿停一停，等等她。他上班在金门桥那一头，晚江跑步的终点恰在他上班路线上。九华若等不及，走了，她也会独自在这里耽误三十分钟，从瀚夫瑞的关爱中偷个空，透口气。

九华见她过来，摇下车窗。她一边笑一边喘气。九华赶紧把一块旧浴巾铺到绽了口子的座位上。

“一九〇”此刻折了回来，水淋淋地冲着晚江飞了个眼风，但他马上看到了九华，心顿时凉了下去。他心凉地看着九华为她拉开锈斑斑的车门，她钻了进去。在他看来，这个漂亮的亚洲女人钻进了一堆移动废铁。他把九华当成她的相好了。

九华摘下保温瓶上的塑料盖，把滚烫的豆浆倒进去，递给晚江。九华住在新唐人街，那儿有不少糕饼店卖鲜豆浆。晚江问他昨晚是不是又看电视连续剧了。他笑着说：“没看。”晚江说：“哼，没少看。”

九华说：“就看了四集。”

“就看了四集？实在有工夫，读点书啊。你一辈子开卡车送饭盒？”

九华不接话了。他每次都这样，让她的话落定在那里。九华是没有办法的，他不是读书的命。

晚江也明白，她说这些是白说。每回话说到此处，两人便有点僵。一会儿，她开始打圆场，问他早晨忘没忘吃维生素，又问他跟他爸通了电话没有。九华就是点头。一点头，头上又厚又长的头发甩动起来，便提醒了晚江，这是个缺乏照顾的孩子，二十岁是没错的，但一看就是从家里出逃，长荒野了的男孩。

晚江从裤腰里摸出几张减价券。洗衣粉一盒减两块钱，比萨饼减一块，火腿减三块。九华接过去，在手里折来折去地玩。晚江慢慢喝着烫嘴的豆浆，不时从远处收回目光，看他一眼。九华比六年前壮实多了，是那种苦力型的身板。他很像他爸，却还不如他爸俊气。她一再纳闷，仁仁跟九华怎么可能是兄妹。

六年前，瀚夫瑞和晚江把九华从机场接回来，路易正张罗着挪家具，为九华搭床铺。他以那永远热情有余、诚恳不足的笑容向九华伸出手：“Welcome. How are you?”

九华信中说他一直在念英文补习班，此刻嘴里却没一个英文词儿。

瀚夫瑞见两个将要做兄弟的陌生人开头就冷了场，便慈父般地低声对九华说："别人说'How are you？'的时候，你该说：'Fine. How are you?'或者'Very well. Thank you.'记住了？"

九华用力点头，连伸出去给路易握的手都憋成了深红色。他在自己卧室闷坐一会儿，不声不响走到厨房里。晚江在忙晚饭，他替她剥蒜皮，削生姜，洗她不时扔在水池里的锅碗瓢盆。晚江不时小声催促："往那边站点儿，快，我等这锅用呢。"他便闷头闷脑地东躲西让，手脚快当起来，却处处碰出声响。晚江冷不丁说一句："把 soy sauce 递给我。"他不懂，却也不问，就那样站着。晚江怜惜地撸一把他脑袋，挤开他，悄声笑道："哎呀，闷葫芦。记着，酱油叫'soy sauce'。"她把酱油瓶从吊柜里够下来。他眼睛飞快，偷瞟一眼酱油瓶，用力点点头。

"发一次音我听听。'soy sauce——'"

他抿嘴一笑。晚江歪着头看着这半大小子，微笑起来："不难嘛。你不肯开口，学多少年英文还是哑巴。"她目光向客厅一甩，嗓音压得极低，"人家路易，讲三国语言。"但她马上意识到这样对比不公正，是在挤对九华。她把手掌搭在他脖颈上，动作语气都是委婉慈爱的，“咱们将来也上好大学，咱们可不能让人家给比下去。咱们玩命也得把英文学好喽。”

九华点了几下头，缓慢而沉痛，要决一死战了。他十四岁的体格在国内蛮标准，一到这里，显得又瘦又小，两个尖尖的肩头耸起，脚上的黑棉袜是瀚夫瑞打算捐给救世军的。袜头比九华的脚要长出一截，看上去少了一截足趾。晚江又说：“盐叫‘salt’。‘salt’。”

他以两只“残畸”的脚立在豪华的大理石地面上，无地自容地对母亲一笑。

“你看妈三十八岁了，还在每天背新单词。”晚江指指冰箱上的小黑板，上面记着几个单词，“你学了几年，一个词也不肯说，那哪儿行啊。”

他点着头，忽见晚江又把一个锅扔进水池，得救一般扑上去洗。

晚江看着儿子的背影。他在这一刹那显得愚笨而顽固。

那天的晚餐成了席：六个冷盘、六个热菜，路易摆了花卉、蜡烛。连一年不露几面的苏，也从地下室出来了，穿着晚江送她的裙子，好好梳了头。仁仁这年八岁，说起外交辞令来嘴巧得要命。她最后一个入席，伸手同每个人去握，最后接见她的亲哥哥："欢迎你来美国。"瀚夫瑞看着仁仁，扬扬得意。仁仁又说："欢迎你来家里。"她的气度很大，家也好、美国也好，都是她的。

路易此时站起身，举起葡萄酒杯，说："欢迎你。"他自己也知道他的中文可怕，改口说英文："旧金山欢迎你。"

九华愣怔着，听晚江小声催促，他慌忙站起。高脚杯盛着白开水，给悬危地举着，像他一样受罪。

"我们全家都欢迎你。"路易进一步表现热情，进一步缺乏诚恳。他把杯子在九华杯沿上磕一下。

"旅途怎么样？"他坐下去。

九华赶快也坐下去。

"还好吧？"

"嗯。"

晚江只盼路易就此饶了九华。却在这当口，瀚夫瑞开了口："九华，别人说'欢迎'的时候，你必须说'谢谢'。"

九华点点头。

"来一遍。"瀚夫瑞说，手指抬起，拿根指挥棒似的。

九华垂着眼皮，脸、耳朵、手全是红的，由红变成暗红。整个餐桌上的人什么也不做，一声也不出，全等九华好歹给瀚夫瑞一个面子，说个把字眼，大家的心跳、呼吸得以恢复。

“Sank you.”九华说。

“不是‘Sank you’，是‘Thank you’。”瀚夫瑞把舌头咬在上下两排假牙之间，亮给九华看，“Th—ank—you。”

“Dank you.”九华说。

“唔——”瀚夫瑞摇着头，“还是不对。也不是‘Dank you’，是‘Thank you’。要紧的是舌头‘Th—anks’，‘th’明白了吧？再试试。”

九华脸色暗红地坐在那里，任杀任剐，死不吭声了。

仁仁这时说：“快饿死啦。”

她这一喊，一场对九华的大刑，总算暂时停住。路易开始谈天气。他说每年回来过寒暑假真是开洋荤，西部的气候真他妈棒，而他上学的明尼苏达，简直是西伯利亚流放地。

这时苏把一盘芹菜拌干丝传到晚江手里。晚江夹了一点，递给九华。九华迅速摇摇头，人往后一缩。晚江小声说：“接着呀。”他还摇头，人缩得更紧。她只得越过他，把盘子传给仁仁。

仁仁接过盘子，说：“我不要。”她将盘子传给瀚夫瑞。

“不要，应该说：‘不要了，谢谢。’”瀚夫瑞往自己盘子里夹了一些菜。

瀚夫瑞和颜悦色，对仁仁偏着面孔。他跟童年的仁仁说话就这样，带点逗耍，十分温存。他说："怎样啦仁仁，'不要了'，后面呢？"

人们觉得他对仁仁好是没说的，但他的表情姿态就如此刻，总有点不对劲。或许只有苏想到，瀚夫瑞此刻的温存是对宠物的温存，对于一只狗或两只鸟的温存和耐心。

"噢，不要了，谢谢。"仁仁说。瀚夫瑞这样纠正她，她完全无所谓，毫不觉得瀚夫瑞当众给她难堪。她说："劳驾把那个盘子递过来给我。"她似乎把这套斯文八股做得更繁文缛节，"Many thanks indeed."莎士比亚人物似的，戏腔戏调。你不知她是正经的，还是在耍嘴皮。

瀚夫瑞说："九华，菜可以不要，但要接过盘子，往下传，而且一定要说：'不了，谢谢。'"

九华堵了一嘴食物，难以下咽，眼睛只瞪着一尺远的桌面，同时点点头。

"你来一遍：'No. Thanks.'"瀚夫瑞说。此刻恰有一盘鲜姜丝炒鱿鱼丝传到了跟前，九华赶紧伸手去接，屁股也略从椅子上掀起。他太急切想把动作做出点模样，胳膊碰翻了盛白水的高脚杯。

晚江马上救灾，把自己的餐巾铺到水渍上。她小声说："没事没事。"

这一来，上下文断了。九华把接下去的台词和动作忘得干干净净。

瀚夫瑞说："说呀，'No, thank you.'"他两条眉毛各有几根极长的，此刻立了起来，微微打战。

九华一声不吱，赶紧把盘子塞给晚江。

瀚夫瑞看着九华，嫌恶出来了。他从来没见过这么无望的人：既笨又自尊。

整个餐桌只有苏在自斟自饮，闷吃闷喝。她很少参加这个家庭的晚餐，但剩在冰箱里的菜从来留不住，夜里就给她端到地下室下酒去了。人们大致知道她是个文文静静的酒徒，只是酗酒风度良好，酒后也不招谁不惹谁。她本来就是个省事的人，酗酒只让她更加省事。几杯酒下去，她自己的空间便在这一桌人中建筑起来，无形却坚固的隔离把她囿于其内，瀚夫瑞和九华的冲突，以及全桌人的不安都毫不打搅她。她在自己的空间里吃得很好，也喝得很好。眼圈和鼻头通红通红，却有个自得其乐的浅笑，始终挂在脸上。

"怎么了，九华？"瀚夫瑞心想，跟一只狗口干舌燥说那么多话，它也不会这样无动于衷。

晚江注意到九华一点儿菜都没吃。传到他手里的盘子，他接过便往下传，像是义务劳动，在建筑工地上传砖头。她赶紧舀一勺板栗烧小母鸡："小时候你最爱吃这个。"

九华皱起眉，迅速摇摇头。

瀚夫瑞看一眼晚江。他的意思似乎是：你有把握他是你儿子？不会是从机场误接一个人回来吧？难道这个来路不明的半大小子从此就混进我家里，从此跟我作对？你看他的样子——眉毛垮着，连额前的头发都跟着垮下来，他怎么会有这样一头不驯顺的头发？这样厚，够三个脑袋去分摊。

其间是路易挨个跟每个人开扯，说晚江烧的菜可以编一本著名菜谱。又跟仁仁逗两句嘴，关于她小臂上的伪仿刺青。他说伪仿文身真好，假如你三天后变了心，去暗恋另一个男同学，再仿一个罢了，不必给皮肉另一番苦头吃。路易就这点好，总是为人们打圆场，讨了无趣也不在乎。

"苏，巴比好吗？"路易问苏。

巴比是苏的鹦鹉。苏说巴比两年前就死了，不过多谢关心。巴比的继任叫卡美哈米亚（Kamehamea，夏威夷历史上一位著名的国王）。路易说他为巴比的死致哀。苏说她替在天有灵的巴比谢谢路易，两年了还有个记着它的人。路易又问："卡美哈米亚怎么样？精彩吗？"苏说："卡美哈米亚比较固执，疑心很重，要等它对我的疑心彻底消除了，才能正式对它进行教育。"同母异父的姐弟看上去很谈得来。

那顿晚饭是靠路易见风使舵的闲聊完成的。当晚九华早早撤进他的卧室。晚江悄悄对路易说："谢谢了。"她给了他一个有苦难言的眼风。路易把它完全接住，也来一个死党式的微笑，悄声说："免啦，我分内的事。"

她看着他年轻的笑容。他又说："这个家全靠我瞎搭讪过活。"

晚江在路易瞬间的真诚面前不知所措了。她大惊失色地转身就走。路易看着她上楼，逃命一般。他想她惊吓什么呢，他和她之间隔着一万种不可能，太安全了。

此刻的晚江坐在九华旁边，喝着凉下去的豆浆。九华不断给她添些热的进来。

"你见你爸了吧？"她问。

"嗯。"

"他烟抽得还是很厉害？"

"嗯。"

"叫他少抽一点。"

九华点点头。

"说我说的：美国每年有四十万人是抽烟抽死的。"晚江说着把保温瓶盖子盖回去，表示她喝饱了。

"他不听我的。"九华笑一下。

“让你告诉他，是我说的。”晚江说。她不知道自己神色是娇嗔的，是年轻母亲和成了年的儿子使性子的神色。

“行。”九华说着，又一笑。

“让他少给我打电话。打电话管什么用啊？我又不在那儿分分钟享福。”

“妈，不早了。”

“没事看看书，听见没有？不然以后就跟你爸似的。”她推开车门，蜷了身钻出去。

然后她站在那儿，看九华的卡车开下坡去。她一直站到卡车消失，才觉出海风很冷。回程她跑得疲疲沓沓，动力全没了。六年前那个“欢迎”晚餐之后，九华开始了隐居。他每天早晨很早出门，搭公交车到学校去。晚饭他单吃。晚江其实给他午餐盒里装的饭菜足够他吃两顿。晚饭时间一过，他会准时出现在厨房里，冲洗所有碗碟，把它们放进洗碗机。如果瀚夫瑞或路易在此地碰见他，他便拼命佝偻着身子，埋头摆弄洗碗机里的餐具。偶然地，瀚夫瑞会问他为什么不同大家一块儿吃晚饭。晚江便打马虎眼，说他功课压力大，在学校随便吃过了。晚江一边替九华开脱，一边盼着九华能早日在这个家庭里取得像苏那样的特殊待遇：没任何人惦记、怀念、盘问。

半年后，人们开始无视九华。他成了这房子里很好使唤的一个隐形小工。他做所有粗活，马桶坏了，下水道不通，不必专门雇人修理。没人再过问他在学校如何度日。连晚江都不知道，九华早早到学校，其实就在课堂里又聋又哑又瞎地坐上六七个小时。那所中学是全市公立中学中最负责任的，因此一位老师找上门来。女教师说：九华是个不错的孩子：不吸毒、不打架、不跟女同学开脏玩笑；九华只有一点不好：上课不发言，邀请他或逼迫他，统统徒劳。他宁可当众给晾在那儿，站一堂课，也绝不开口。

瀚夫瑞看看坐在沙发边上的九华，问他："老师说的是实情吗？"

他不吱声，垂着脸。他其实不知道老师在说什么。

瀚夫瑞说："你早出晚归，勤勤恳恳，就为了去教室里坐坐、站站？"

女教师听不懂瀚夫瑞的中文，笑眯眯地说九华如何地守规矩，不惹事；对其他学生、老师们都得赔小心，伺候着他们把一天六七个小时的课上完。讲到那些学生，女教师生动起来，也少了几分得体。她说："那些学生哪像九华这样恭敬？你伺候他们长点学问，伺候得不顺心，谁掏出把手枪来崩了老师都难说。"

晚江接着说：“那可不是——科罗拉多州的两个学生连同学带老师，崩了一片。”她马上意识到自己在吸引火力，援救九华。

女教师说，所以碰到九华这样敬畏老师的学生，就觉得是天大的福分了，尽管他一声不吭。

晚江说他从小话就少。

瀚夫瑞用眼色叫晚江闭嘴。他问九华：“你在学校是装聋作哑，还是真聋真哑？”

女教师说：“我一直希望能帮帮他。好几次约他到我办公室来，他总是一口答应。”她此刻转向九华：“你从来没守约，是吧？”

她笑眯眯的：“让我空等你好几次，是吧？”九华毫不耍赖，问一句，他点两下头。所有的话就这样毫无触动地从他耳中穿进去，又穿出来。

女教师说：“看上去我很恐怖，让你害怕似的。”她咯咯地笑了。

九华又是点头。

晚江说：“你怕老师什么呀？老师多和气。”

瀚夫瑞又给晚江一眼。他的意思是：晚江给他吃了一记大亏，竟暗藏下这么个儿子，如此愚顽，如此一窍不通，自己还有什么晚年可安度？

女教师说：“你不是食言，存心和我寻开心；你就是不懂我的话，是吧？”她等了好一会儿，九华没反应。她一字一句，找着他的脸，确保她仔细捏塑好的每个字都不吐成一团团空气：“你、不、是、跟、我、存、心、捣蛋，对吧？”

九华看着她，点点头。

“不懂不要点头。”瀚夫瑞劈头来一句。

九华把脸转向继父，那两片浅茶色眼镜寒光闪闪。他管不了那么多了，使劲朝两片寒光点头。

瀚夫瑞掉转开脸去，吃力地合拢嘴。他两个手握了拳，搁在沙发扶手上。每隔几秒钟，拳头自己挣扎一下。他的克制力和绅士风度在约束拳头，不然他吃不准它们会干出什么来。

女教师一直笑眯眯的，谈到对九华就学的一些建议。她认为他该先去成人学校学两年英文。她不断停下，向九华征求意见似的笑笑。九华没别的反应，就是诚恳点头。

“头不要乱点。”瀚夫瑞说。

女教师不懂中文，瀚夫瑞这句吼听上去很危险。她起身告辞，两手撣平裙子上的皱褶。

瀚夫瑞和晚江押着九华，给女教师送行，一直送到巴士车站。三个人一声不响地回到家，九华进了大门就钻入客厅侧面的洗手间。

晚江饶舌起来，说女教师的穿着够朴素的；听说教书不挣钱，有些学校的家长得轮流值日教课，等于打义工。十分钟过去，她心里明白，无论怎样给瀚夫瑞打岔，九华也休想一躲了事。九华想用自己安分守己的劳动，悄悄从这个家换取一份清静的寄宿日子。他想躲藏起来，暗度到成年。哪怕是劳苦的、贫贱的成年，哪怕是不值得期盼的、像他父亲一样孤单而惨淡的成年。

二十分钟了，洗手间的门仍紧闭着。又是十分钟，里面传出水流在大理石洗脸池中飞溅的声响。那是开到了极限的水流。晚江走过去，敲敲门，小声叫着："九华、九华。"九华"嗯"了一声，水龙头仍在发山洪。晚江放大音量："怎么回事？给我开门。"

门打开的瞬间，晚江看见水池上方的大镜子里，九华尸首般的脸，蒙着一层灰白影子，眼神完全涣散了。他佝偻着身子，右手放在粗猛的水柱里冲着，她问他究竟怎么了。他说谁也不必管他。这时晚江看见地上的血滴。她上去扳他，他右手却死抓住水池边缘，始终给她一个后脊梁。

晚江疯了一样用力掐着九华的臂膀。他终于转过身。晚江眼前一黑：九华始终伸在水柱里的食指被削下去一块，连皮带肉带指甲，斜斜地削去了。削去的部分，早已被粗大湍急的水冲走，沉入了下水道。血刚涌出就被水冲走，因而场面倒并不怎么血淋淋。晚江冰凉地站着，看着那创口的剖面，从皮到肉到骨，层层次次，一清二楚。

她第一个动作是一脚踹上门，手伸到背后，上了锁。绝不放任何人进来。

然后她拉开带镜子的橱门，取出一个急救包。在这个安全舒适的大宅子里，每个洗手间、浴室都备有绷带、碘酒、救心丸。晚江捏住那残缺的食指，将一大瓶碘酒往上浇。然后是止血粉、消炎粉。等绷带打完，晚江瞥见镜中的自己跟九华一样，灰白的五官，嘴冰冷地半启开。

她叫九华躺下，把右手食指举起来。她扯下两块浴巾，铺在大理石地面上，再把九华抱在怀里，一点一点把他在浴巾上搁平，摆舒服，像她刚从腹中娩出他似的。她帮着他把小臂竖起来。白绷带已没一处白净。若干条血柱在九华手掌、手臂上奔流。

晚江盘腿坐在地上，一只手扶住九华的伤手，另一只手轻轻捂住他的眼睛。她不要他看见这流得没完没了的血。九华果真安静下来，呼吸深而长了。

她看见窗玻璃碎了，纱窗被拆了下来。开这扇窗要许多窍门，九华一时摸不清，只能毁了它。他显然用一块毛巾蒙住玻璃，再用马桶刷子的柄去捅它。

这时瀚夫瑞叩着厕所的门。

“你们在干什么？”

母与子什么都听不见。

“出什么事了？”

母亲说：“没事。你不用管。”

“到底出什么事了？真见鬼。”瀚夫瑞的叩门声重起来，是用他手的最坚硬部位敲的，听上去都生疼，“哈啰。哈啰！”

晚江想：爱“哈啰”就“哈啰”去吧。随你便。急疯就急疯，发心脏病就发心脏病。她看一注一注的血缓下了流速。九华的小臂，爬满红色的条纹，渐渐地，红色锈住了。她用浴巾的一角蘸着唾沫，拭去一条血迹，再拭去一条。她放不下九华，去开水龙头。她也站不起来，开不动水龙头。她就用唾沫沾湿浴巾，去抹净那些血迹。她一寸也不愿离开九华。为他的不聪慧，为他对自己不聪慧的认账，她也不能不护着他。九华从六七岁就认了命，他命定是不成大器、受制于人的材料。他有的就是一身力气、一腔诚恳，他的信念是世界也缺不了不学无术的人。他坚信不学无术的人占多数，凭卖苦力，凭多干少挣，总能好好活下去。

空气还是血腥的，混在碘酒里，刺鼻刺嗓子眼。剧痛嗅上去就是这个气味；痛到命根的剧痛，原来闻上去就这样。晚江慢慢地想。随瀚夫瑞去软硬兼施，去斯斯文文地诅咒吧。晚江说："求求你瀚夫瑞，别管我们。"

九华在十七岁的那个夏天辍了学，结束了豪华的寄居，用所有的储蓄买了一辆二手卡车，开始独立门户。他伪造了身份，涂改了年龄。他在那个夏天长高了两厘米，不刮脸的日子，他看上去就像他自己巴望的那样老气横秋。九华的离别响动很小，他怕谁又心血来潮弄个什么告别晚宴。他深信路易麻木至此，干得出这种把所有人难受死的事。因此九华深深得罪了瀚夫瑞，九华成了瀚夫瑞的一个惨败。瀚夫瑞伤心地想：我哪一点对不住他呢？我把他当自己亲儿子来教啊，还要我怎样呢？

他就这样痛问晚江："还要我怎样呢？"

晚江点点头，伸手抚摸一下他的面颊，撇撇嘴，在道义上支持他一把。她心里想：是啊，做个继父，他做得够到位了。

瀚夫瑞要进一步证实，正是九华在六亲不认。他说："我又不是头一次做继父，做不来。看看苏，四岁跟着她母亲嫁过来。你去问问她，我可委屈过她？苏够废料了吧？我不是一直收养着她？再看看仁仁！”

晚江劝他想开些，九华出去单过自在，就让他单过去。瀚夫瑞却始终想不开，给出去的是父爱，打回来一看，原来人家没认过他一分钟的父亲。

晚江就只好狠狠偏着心，说九华没福分，他逃家是他自认不配有瀚夫瑞这样的父亲。

瀚夫瑞原以为晚江嘴上那么毒，立足点自然站在自己一边。却是不然，晚江在九华弃家出走之后，反而暗中同他热线联系起来。一天至少通三回电话，若是瀚夫瑞接听，两人便谁也不认得谁：“哈啰，我妈在吗？”“请稍等一下。”“谢谢。”“不客气。”

或者：“她现在很忙，有事需要转告吗？”“没什么事。我过一会儿再打吧。谢谢。”“不客气。”“那我能和我妹妹讲两句话吗？”“对不起，仁仁在练钢琴。”“那就谢谢啦。”“不客气。”

九华翻脸不认人，把事情做绝，瀚夫瑞认为他完全无理。有理没理，在当了三十年律师的瀚夫瑞来看，至关重要。去给一个完全没道理的人关爱，那就是晚江没道理了。因此晚江回回得低声下气地请求，瀚夫瑞才肯开车送她去新唐人街。九华租了间小屋，只有门没有窗，门还有一半埋在路面之下。瀚夫瑞等在车里，根本不去看母子俩如何匆匆打量、匆匆交头接耳。瀚夫瑞更不去看晚江的手如何递出一饭盒菜肴，同时做着手脚把钞票走私到九华手里。真是自甘下贱啊。瀚夫瑞想着，放倒座椅，把音乐音量开足。

上海生长，香港、新加坡就学的瀚夫瑞做律师是杰出的。杰出律师对人之卑鄙都是深深了解的。尤其是移民，什么做不出来呢？什么都能给他们垫脚搭桥当跳板，一步跨过来，在别人的国土上立住足。他们里应外合，寄生于一个男人或蛀蚀一个家庭，都不是故意的。是物竞天择给他们的天性。瀚夫瑞是太心爱晚江了，只能容忍她，让她把她的骨血一点点走私进来，安插下去，再进一步从他的家里，一点点向外走私，情感也好，物质也好。他这样横插在他们之间，是为他们好，提醒他们如此往来不够光彩，使他们的走私有个限度。

十步开外，晚江都能感觉到瀚夫瑞的鄙薄。他总是毫无表情地让你看到他内心的苦笑。他半躺在车座上的身影本身就是无奈的长叹。

什么都甭想蒙混过他。所有淘汰的家具、电器，都从瀚夫瑞的宅子里消失，在九华的屋里复出。九华这间贫民窟接纳、处理瀚夫瑞领土排泄的所有渣滓：断了弹簧的沙发，色彩错乱的电视，豁了口的杯盏碗碟。晚江深知瀚夫瑞对九华的嫌恶，而每逢此时，他的嫌恶便包括了她。

每回告别九华后，瀚夫瑞会给晚江很长一段冷落。他要她一次次主动找话同他说，要她在自讨没趣后沉默下去，让她在沉默中认识到她低贱地坐在宝马的真皮座椅上，低贱地望着窗外街景，低贱地生出哀怨、牢骚、仇恨。

晚江跑回时，太阳升上海面，阳光照在瀚夫瑞运动服的反光带上。瀚夫瑞的身板是四十岁的，姿态最多五十岁。他稳稳收住太极拳，突然刮来一阵海风，他的头发衰弱地飘动起来，这才败露了他真实的年龄。却也还不至于败露殆尽，人们在此刻猜他最多六十岁。他朝沿海边跑来的晚江笑一下，是个三十岁的笑容，露出一口整齐白净、乱真的假牙。接下去他下蹲、扩胸，耳朵里塞个小耳机，头一时点点，一时摇摇，那是他听到某某股票涨了，或跌了。一般瀚夫瑞会在七点一刻用手机给仁仁打电话，叫她起床；七点半再打一个，看她是否已起了床。等晚江跑步回来，他便第三次打电话给仁仁，说："看看我的小虫子是不是还拱在被子里。"

等他们步行回到家，仁仁已穿戴齐整，坐在门厅里系鞋带。瀚夫瑞问她早饭吃的什么，她答非所问，说她吃过了。瀚夫瑞晃晃手里的车钥匙说："可不可以请小姐快一些？"仁仁说："等我醒过来就快了。"

晚江拎着女儿沉重无比的书包，又从衣架上摘下绒衣搭到女儿肩上。仁仁归瀚夫瑞教养，晚江只在细节上做些添补。瀚夫瑞正把仁仁教养成他理想中的闺秀，对此仁仁从小就十分配合。她的英文也区别于一般孩子，"R"音给吃进去一半，有一点瀚夫瑞的英国腔，却不像瀚夫瑞那样拿捏。她和瀚夫瑞谈了谈天气和昨晚的球赛。晚江不由得想：仁仁讲话风度多好啊，美国少年的吊儿郎当，以及贫嘴和冒犯，都成了仁仁风度的一部分。

仁仁到这座宅子里来做女儿时，刚满四岁。机场的海关外面，站着捧红玫瑰的瀚夫瑞。晚江手搁在仁仁后脖颈上，略施压力："仁仁，叫人啊。"仁仁两眼瞪着手捧鲜花的老爹，目光是瞅一位牙医的，嘴也像在牙科诊所那样紧抿。晚江说："路上我怎么告诉你的，仁仁？该叫他什么来着？"

"瀚夫瑞，"老爹弓下身，向四岁的女孩伸出手，"叫我瀚夫瑞。来，试试——瀚——夫——瑞。"

仁仁眼睛一下子亮了。嘴巴动起来，开始摸索那三个音节。

“可以知道你的名字吗？”老爹说。

“仁仁。”女孩说。

“很高兴认识你，仁仁。”

“很高兴，瀚——”女孩的唇舌一时摸不到那三个音节。

晚江插进来：“不能没大没小，啊？妈怎么教你的？”

“来，再来一遍。”瀚夫瑞几乎半蹲，“很高兴认识你，仁仁。”

“很高兴认识你，瀚夫瑞。”

那以后，仁仁把瀚夫瑞叫得很顺嘴。瀚夫瑞认为那个头开得好极了，老幼双方都从开头就摆脱了伪血缘的负担。那是个开明而文明的开头，最真实的长幼次序，使大家方便，大家省力。此刻瀚夫瑞和仁仁在谈学校的年度捐教会。仁仁建议瀚夫瑞免去领结，那样看上去就不会像三十年代电影人物了。瀚夫瑞问她希望他像什么。仁仁回答说：该酷一些。瀚夫瑞讨教的姿势做得很逼真：怎么才能酷？仁仁说丑角金·凯瑞就很酷。瀚夫瑞呵呵地乐起来。

停下车，仁仁很快混迹到穿校服的女同学中，瀚夫瑞突然叫道：“仁仁。”

女孩站住，转过脸。

瀚夫瑞说：“忘了什么？”

女同学们也都站住，一齐把脸转向开宝马的老爹，很快又去看仁仁。瀚夫瑞把车窗玻璃降下来。仁仁眉心出现了淡淡的窘迫，之后便走回来，吻了一下瀚夫瑞的面颊。“下午见，瀚夫瑞。”她绕到车的另一面，给晚江来了个同样不疼不痒的吻。“下午见，妈。”不知什么缘故，女同学们就这样站着，看，憋一点用心不良的笑。

2

这个家的上午是路易的。路易的占地面积极大：吧台上喝咖啡，餐桌上铺满他订的晨报，起居室的五十二英寸电视也被他打开，还有楼上他卧室里做闹钟用的无线电。路易正喝咖啡，也正读报，同时给屏幕上的球员做啦啦队。他穿一件白毛巾浴袍，胸前有个酒店徽号，以金丝线刺绣上去的。路易很英俊是没错的，但他给你个大正面时，你多少有些失望：这是个有些粗相的男子，不出声也咋咋呼呼，不动也张张罗罗，就是活生生一个酒店领班。

路易头也不回地用手势同他父亲和他继母道了早安。晚江走过去，归拢一番桌上的报纸。路易连说抱歉，并朝晚江一笑。路易的笑太多，个个笑容都无始无终，让你纳闷它是怎样起、怎样收的，怎么就那样喷薄而出，你看到的就是它最耀眼的段落。

晚江端起剩在玻璃壶里的一些漆黑的咖啡，问路易还要不要再添。他说“不了，谢谢”。晚江说那她就得倒掉它了。他说“好的，谢谢”。电视的声与光和厨房里的咖啡气味弄出不错的家庭气氛。

瀚夫瑞喜欢在餐厅里吃早饭。餐厅离路易制造的热闹稍远。晚江一小时前喝了一肚子鲜豆浆，现在要陪瀚夫瑞喝果菜汁。十多种果菜加麦芽的灰绿浆汁很快灌满她，青涩生腥在她的嗓子眼起着浮沫。她已习惯现代口味：一切使人恶心的东西都有益于健康。不一会儿，晚江打起碧绿的饱嗝，她用手掩着嘴，赶紧起身，去厨房取杂麦面包。一大盘切好的水果。她两手端着托盘，正思忖腾出哪只手去开餐室的玻璃门，路易不知怎样已拧住门把手，替她拉开门。路易常常这样给她解围，冷不防向她伸一只援助之手。她的“谢谢”很轻声，他的“不用谢”近于耳语。就在这时，他眼睛闪现一丝异样。晚江发现路易眼睛的瞬间异样，早在几年前了。早在路易大学毕业的那个夏天。他在毕业大典上和一大群穿学士袍的同学操步进入运动场时，突然一仰脸，看见了坐在第十排的晚江。那是晚江头一回看见路易眼睛的异常神采。这么多年，晚江始终吃不透那眼神的意味。但她感觉得到它们在瞬息间向她发射了什么，那种发射让晚江整个人从内到外、从心到身猛地膨胀了一下。这样的反应是她始料不及的，而她的反应立刻在路易那里形成反应。他尚不知他问的是什么，她却已经给予了全面解答。晚江慌忙转开脸。路易慌忙拉开玻璃门。

晚江发现路易跟进了餐室，同他父亲聊起股票来。她替瀚夫瑞夹水果块时，落了些汁在餐桌上，路易的手马上过来了，以餐纸拭净桌子。晚江从来没去想，路易怎么成了她动作的延续。她也从没去分析，他的动作和她衔接得这样好靠的是什么。靠他一刻不停地观察她，还是靠他的职业本能：酒店领班随时会纠正误差，弥补纰漏。晚江当然更不会意识到，气氛的突然紧张是怎么回事：路易与她的一万种不可能使事情改了名分。

而“无名分”不等于没事情；“无名分”之下，甜头是可以吃的，惬意是可以有的。晚江正想把一块过大的木瓜切开，跟前没餐刀，紧接着，一把餐刀不动声色地给推到她面前。晚江没有接，也没有对路易说“谢谢”。她突然厌恶起来。她也不知道她厌恶什么，她的厌恶也没有名分。餐室有一张长形餐桌，配十二把椅子。门边高高的酒柜里陈列着瀚夫瑞一生收藏的名酒，有两瓶是他从父亲遗产中继承下来的，五年前晚江偶然掸灰，发现柜子最高一层的酒瓶全是空的，角落那瓶还剩三分之一。她在当天夜里看见苏蹑手蹑脚地潜入餐室，将三分之一瓶酒倒入酒杯，再仔细盖上瓶盖。她几年来偷饮这些名贵的琼浆，做得天衣无缝。眼下这一柜子空酒瓶真正成了摆设。

路易忽然看见一张餐椅上有把梳子，上面满是苏的枯黄头发。他嘴里同父亲的谈笑并不间断，手指捏起毛烘烘的梳子。晚江想，原来手指也会作呕。路易拈起梳子，梳子是已枯死腐败的一份生命。他将它从窗口扔了出去。窗朝向后院，满院子玫瑰疯野地爆开，一个枝头挂了几十个蓓蕾，全开花时枝子便给坠低，横里竖里牵扯。梳子就落在玫瑰上。玫瑰开成那样，就不是玫瑰了。开成花灾的玫瑰不是灿烂，而是荒凉。一个荒凉的玫瑰原始丛林，凶险得无人涉足。这个家的人从来不去后院，夏天傍晚的烤肉，也只在石头廊沿上烤。苏荒凉的头发落入荒凉的玫瑰丛林，无声无息，毫无痕迹。就是把苏往玫瑰里一扔，人们也会到很久以后才记起：咦，有一阵子没见苏啦。扔苏也不费事，她常闷声不响喝得死醉。

晚江眼睛瞄到一排一排的空酒瓶上。谁会想到站着的全是躯壳，灵魂早已被抽走？何止灵魂？精髓、气息、五脏六腑。空壳站得多好，不去掂量，它们都有模有样，所有的瓶子全是暗色或磨砂玻璃的，谁都看不透它们。几次圣诞，瀚夫瑞心血来潮，要喝柜子里某一瓶珍藏。晚江就把心提到舌根上。她在这时候不敢去看苏，她知道苏的脸白得发灰，也成了一个酒瓶，空空的没一点魂魄了。

路易还在讲他对股票的见解，深棕的头发激动地在他额上一颤一颤，他在生活中也是个啦啦队长，助威地挥着手，助兴地蹬着足，笑容也是要把他过剩的劲头强行给你。不要可不行，他不相信世上有不要“劲头”的。往往在这个时刻，晚江会恍恍地想起苏。她感到路易笑得太有劲，笑容也太旺，她招架不住。她倒宁可同苏归为一类。这宅子里人分几等。路易和仁仁是一等，瀚夫瑞为另一等，剩下的就又次一等。九华原想在最低一等混一混，却没混下去，成了等外。

奇怪的是瀚夫瑞每次去开酒柜门时，总是变卦。他自我解嘲地笑笑说：“大概喝起来也没那么精彩。”他意识到消耗自己一生珍藏是个不吉利的征兆，是人生末路的起始。

电话铃响了。瀚夫瑞顺手按下机座上的对讲键，连着几声“哈啰”。那头没人吭气，晚江尽量不露出望眼欲穿的急切，以原有的速度咀嚼水果。瀚夫瑞朝路易无声地“嘘”了一下，制止他哗哗地翻报纸。三人都听着那边的沉默。之后电话被挂断了。瀚夫瑞看晚江一眼。

过了两分钟，电话铃又响。瀚夫瑞抱着两个膀子往椅背上一靠，表示他不想碍晚江的事。晚江心一横，只能来明的。她捺下键子。“请问刘太太在吗？”机座出声了，声音水灵灵的。路易起身走了出去，想起什么急事需要他去张罗似的。

晚江用刘太太的音调说：“是我呀，怎么好久不来电话呀？”她眼睛余光看见瀚夫瑞把电视的字幕调了出来。女人问：“刘太太方便说话吧？”晚江知道下面该发生什么了，手抓起话筒，说：“方便的方便的，不方便也得行方便给你呀。”晚江拿过记事簿，一面问对方是订家宴还是鸡尾酒会的小食。笑嘻嘻的晚江说自己不做两千块以下的生意，图就图演出一场“美食秀”，又不真靠它活口。对方马上变了个人似的，用特务语调叫晚江在十分钟之后接电话。

晚江撤下早餐，端了托盘向厨房去，事变是瀚夫瑞作息时间更改引起的。九点到九点半，该是他淋浴的时间，这礼拜他却改为先早餐了。她悄悄将电话线的插座拔出一点。然后她到厨房和客厅，以同样办法破坏了电话线接缘。再有电话打进来，瀚夫瑞就不会被惊动了。二线给路易的计算机网络占着。至少到午饭前，他会一直霸着这条线路。

十分钟之后，晚江等的那个电话进来了。她正躺在浴盆里泡澡，马上关掉按摩器。她听一个男中音热烘烘地过来了：“喂？”她为了安全起见，说：“是订餐还是授课？”她听了听，感觉线路是完好的，没有走漏任何风声，便说：“喂？”洪敏又“喂”一声，他知道晚江已经安全了。“你在干吗？”他问。还像二十多年前一样词汇贫乏。她说：“没干吗。”他们俩的对话总是十分初级，二十多年前就那样。百十来个词汇够少男少女把一场壮大的感受谈得很好。他们也如此，一对话就是少男少女。洪敏问她吃了早饭没有。她说吃过了。他又问早饭吃的什么。她便一一地报告。洪敏声音的持重成熟与他的狭隘词汇量很不搭调，但对晚江，这就足够。她从“吃过早饭没有”中听出牵念、疼爱、宠惯。那种从未离散过的寻常小两口，昨夜说了一枕头的话，一早闻到彼此呼吸的小两口。洪敏听她说完早餐，叹口气，笑道：“呵，吃得够全的。”

那声笑的气流大起来，带些冲撞力量，进入了晚江。它飞快地走在她的血管里，渐渐扩散到肌肤表层，在她这具肉体上张开温热的网。浴室是黑色大理石的，顶上有口阔大的天窗。阳光从那儿进来，照在晚江身上。这是具还算青春的肉体，给太阳一照，全身汗毛细碎地痒痒，活了的水藻似的。她说：“你费九牛二虎之力打电话给我，就问我这些呀？”他说："我还能问什么呀？"两人都给这话中的苦楚弄得哑然了。过了一会儿，洪敏问："老人家没给你气受吧？"晚江说现在谁也别想气她，因为她早想开了，谁的气都不受。

洪敏总是把瀚夫瑞淡化成"老人家"。她知道其实是他口笨。他跟九华一样，是那种语言上低能的人。就是把着嘴教，洪敏也不见得能念准那三个音节的洋名字。正如九华从来念不准一样。洪敏对两个音节以上的英文词汇都尽量躲着。为此晚江心疼他，也嫌弃他。因为嫌弃，晚江便越加心疼。

末了，就只剩了心疼。

"没事少打电话。弄得他疑神疑鬼，我也紧张得要命。不是说好每星期通一个电话吗？"晚江用洪敏顶熟悉的神情说着。他最熟悉她的神情，就是她闹点小脾气或身上有些小病痛的样子。

"九华说你剪了头发。"洪敏说。

"剪头发怎么了？又不是动手术，还非要打电话来问？"她知道他从这话里听出她实际上甘愿冒险，什么样的险她都肯冒，只要能听听他喘气、笑、老生常谈的几句话。洪敏问是不是"老人家"要她剪头发的。晚江撒谎说："头发开叉儿太多，也落得厉害。"其实瀚夫瑞说了几年，晚江的年岁留直长发不相宜。洪敏说："算了吧，肯定是他不让你留长发。"

“噢，你千辛万苦找个老女人，把电话打进来，就为了跟我说头发呀？”

洪敏从不遵守约定，能抓得到个女人帮他，他就蒙混过瀚夫瑞的岗哨，打电话跟晚江讲两句无关紧要的话。他在一个华人开的夜总会教交谊舞，有一帮六十来岁的女学生，这头接电话的一旦不是晚江，她们就装成晚江的客户，预订家宴或酒会。有时她们跟瀚夫瑞胡缠好一阵，甜言蜜语夸刘先生何来此福气，娶到一个心灵手巧、年轻貌美的刘太太。瀚夫瑞这么久也未发现洪敏就躲在这些老女人后面，多次潜入他的宅子，摸进他的卧室，和他的爱妻通上了私房话。

讲的从来是平淡如水的话，听进去的却十分私房。私房得仅有他们自己才懂，仅有他们自己才知道它的妙。

像二十多年前，他们第一个吻和触摸。那是难以启齿、不可言传的妙。晚江和洪敏结婚时，在许多人眼里读出同一句话：糟践了、糟践了。歌舞团的宿舍是幢五层楼，那年八月，五楼上出现了一副美丽绝伦的窗帘，浅红浅蓝浅黄，水一样流动的三色条纹，使人看上去便想，用这样的细纱绸做窗帘，真做得出来。在那个年代，它是一份胆量和一份超群，剩下的就是无耻——把很深闺、很私房的东西昭彰出来。于是便有人问：五楼那是谁家？回答的人说：这你都不知道？

徐晚江住那儿啊。若问的这位也曾在舞台下的黑暗中对徐晚江有过一些心意，浪漫的或下流的，这时就会说：哦，她呀。那个时间整个兵部机关转业，脱了军装的男人们都认为当兵很亏本，从来没把男人做舒坦。于是在他们说“哦，她呀”的时候，脸上便有了些低级趣味：早知道她不那么贵重，也该有我一份的。人们想，娶徐晚江原来很省事。洪敏从三楼男生宿舍上到五楼，跟晚江同屋的两个女友好好商量了一下，就把那间女宿舍用被单隔出洞房来了。两个女友找不出新婚小两口任何岔子：被单那一面，他们的铺板都没有“咯吱”过，他们的床垫都没“窸窣”过。她们实在想不通，这一男一女怎么连皮带钩都不响，连撕手纸、倒水浴洗的声音都不发，就做起恩爱夫妻来了，所有的旗号，就是一副新窗帘，门上一个纸双喜。

洪敏还是早晨五点起床，头一个进练功房。晚江也依旧八点五十分起床，最后一个进练功房。洪敏照样是练得最卖力的龙套，晚江照样是最不勤奋的主角。

半年后，与晚江同屋的两个姑娘搬走了，半个洞房成了整个儿。

大起肚子的晚江终于可以不必去练功房。她常出现在大食堂的厨房里，帮着捏饺子、包子。人们若吃到样子特别精巧、馅又特别大的饺子或包子，就知道是徐晚江的手艺。后来人们发现菜的风味变了，变得细致、淡雅，大家有了天天下小馆儿的错觉，便去对大腹便便的晚江道谢。她笑笑说：有什么办法呢？我自己想吃，又没地方做。也不知她怎样把几个专业厨子马屁拍得那么好，让他们替她打下手，按她的心思切菜、搁调料。她也不像跳舞时那样偷懒了，在灶台边一站几小时，两只脚肿得很大，由洪敏抱着她上五楼。楼梯上碰到人，晚江笑着指洪敏：他练托举呢。

九华两岁了，交给一个四川婆婆带。这个婆婆是给歌舞团的大轿车撞伤后，就此在北京赖下的。调查下来，她果然孤身一人，到北京是为死了的老伴告状。四川婆婆于是成了五层楼各户的流动托儿所，这样她住房也有了，家家都住成了她自己家。

这个夏天夜晚，四川婆婆把马团长敲起来，说洪敏和晚江失踪了。马团长对她说：洪敏若是同另一个女人失踪，再来举报。

过几天，她又去找马团长，说：这两口子又一夜没回来。副团长说：只要练功、演出他们不失踪，就别来烦我。

一夜，马团长给电话铃闹醒，是“治安队”要他去认人。说是一对男女在北海公园关门后潜伏下来，找了个树深的地方，点了四盘蚊香，床铺就是一沓《人民日报》。

马团长认领回来的是洪敏和徐晚江。“治安队”的退休老爷子老太太坚决不信马团长的话：他俩怎么可能是两口子呢？你没见给抓了奸的时候有多么如胶似漆，都以为是一对殉情的呢！

吉普车里，马团长坐前排，洪敏、晚江坐后排。他问他们，到底是为什么。两人先不吱声，后来洪敏说：是我想去的。晚江立刻说：胡说，是我的主意。副团长说：嗬，还懂得掩护战友啊。我又没追查你们责任。我就想明白，你们为什么去那儿。两人又没声了。副团长催几次，洪敏说：我们总去那儿，自打谈恋爱就去那儿。副团长说：对呀，那是搞恋爱的人去的地方。搞恋爱的人没法子。你们俩图什么？有家有口的？洪敏气粗了：家里不一样。马团长说：怎么不一样？让你们成家，就为了让你们有地儿去！

洪敏又出了一声，但那一声刚冒出来就跑了调。他的大腿给晚江拧了一下。

马团长在心里摇头，这一对可真是配得好，都是小学生脑筋，跳舞蹈的男女就这么悲惨，看看是花儿、少年，心智是准白痴。他这样想着，也就有了一副对白痴晚辈的仁厚态度。他说：以后可不敢再往那儿去了，听见没有？洪敏问：

为什么？副团长大喝道：废话。洪敏也大喝：搞恋爱能去，凭什么不准我们去？

马团长给他喝愣住了。几秒钟之后，他才又说：好，好，说得好——你去，去。再让逮走，我要再去领人我管你叫马团长！

洪敏不顾晚江下手多毒，腿上已没剩多少好肉，他气更粗：凭什么不准我们去？

马团长说：你去呀，不去我处分你！

洪敏说：凭什么结了婚就不准搞恋爱？

恋爱搞完了才结婚，是不是这话？马团长向后拧过脸。

不是！

那你说说，是怎么个话儿？

马团长此刻转过身，多半个脸都朝着后排座。他眼前的一对男女长那么俊美真是白糟蹋，大厚皮儿的包子，三口咬不到馅儿。

洪敏你说啊，让我这老头儿明白明白。

洪敏正视他：副团长，您这会儿还不明白，就明白不了啦。

歌舞团第一批单元楼竣工，没有洪敏、晚江的份儿。他们把马团长得罪得太彻底。“北海事件”也让所有人瞧不起他们，认为他们正经夫妻不做，做狗男女。第二次分房，六年以后，又隔过了洪敏与晚江。晚江便罢工，不跳主角了。领导们都没让她拿一手，趁机提拔了几个新主角。

歌舞团亏损大起来，便办起一个餐馆、一个时装店。晚江躲回江苏娘家生了超指标的仁仁，回来就给派到餐馆做经理去了。这时团里的文书、发型师、服装保管都分了一居室或两居室，单身宿舍楼上那美丽的窗帘，仍孤零零地夜夜在五层楼上美丽，颜色残褪了不少，质地也衰老了。据说要进行最后一次分房了，洪敏搬了铺盖在分房办公室门口野营，谁出来他就上去当胸揪住谁。人们都说，洪敏已成了个地道的土匪，几次抓了大板砖要拍马团长。

使他们分房希望最终落空的是仁仁。团里有人“误拆”了徐晚江的信，“误读”了其中内容。信里夹了一张两岁女孩子的相片，背面有成年人模仿稚童的一行字迹：“爸爸、妈妈，仁仁想念你们。”

这样，晚江和洪敏永远留在了十年前的洞房里。洪敏背了一屁股处分，从此不必去练功房卖力。他成了时装店的采购员，人们常见他游手好闲地站在路边上，从时装店里传出的流行歌曲震天动地，他的脚、肩膀、脖子就轻微地动弹着。他人停止了跳舞，形体之下的一切却老实不下来，不时有细小的舞蹈冒出形体。又过一阵，时装店寂寞冷清透了，两个安徽来的女售货员对洪敏说：不如你就教我俩跳探戈吧。

晚江的餐馆却很走运，一年后成了个名馆子。她一点也不留恋做主角的日子，每天忙着试验她的新菜谱。一天有一桌客人来吃饭，晚江浑身油烟给请到前堂。她看见这桌人众星捧月捧的是一位“刘先生”。桌上有人说：刘先生问呢，这属于哪个菜系？

晚江被问住了，过一会儿才说：就是“晚江菜系”。

刘先生轻声轻语，直接同她答对起来。他说他算得上是精通菜系的食客，倒没听说过“晚江菜”。

晚江便傻乎乎地笑了说：当然没听说过，都是我瞎做出来的。

刘先生重重地看她一眼，老成持重的脸上浮着一层少年的羞涩红晕。临走时他给了晚江一张名片，上面说他是美国一个公司的律师。他第二天约晚江去长城饭店吃日本餐。晚江活了三十多岁，从没吃过日本餐，便去了。

餐后，刘先生给了她“一点小意思”，是个锦盒。他说每位女宾都有的，她不必过意不去。散了席刘先生回楼上房间去了。女宾们这才敢打开各自的锦盒。所有的“小意思”是真的很小，锦盒里是块南京雨花石，晚江的却是一串细链条，缀一颗白珍珠。

刘先生的那位亲戚对晚江一再挤眼，意思是要留她下来。送了其他宾客后，他把晚江领到咖啡座。接下去一小时，他讲的全是刘先生，如何有学问，如何阔绰，如何了不起的胜诉纪录。他没有讲刘先生想到国内选个刘太太之类不够档次的话，但谁都听得出刘先生选刘太太要求不高，一要年轻，二要貌美，三要做一手好菜。

晚江糊里糊涂地跟那亲戚上了电梯。刘先生坐在露台上独自饮酒，小几上却放了另一个酒杯。亲戚说他想看电视，便留在房里，拉上了窗帘。

刘先生在淡蓝的月光里问了声："可以吗？"

晚江傻乎乎地微笑一下。她不知他在征求她什么意见。同时她的手给捏住。她想，她的手曾经各位老首长捏得刘先生有什么捏不得。接下来，她的手便给轻轻抚摸起来。她又想，部里首长们也这样摸过，他们摸得，刘先生摸摸也无妨吧。刘先生摸得也比首长们尊重多了，没有摸着摸着就沿胳膊攀上来，成了顺藤摸瓜。刘先生花白的头颅缓缓垂下，嘴唇落在了晚江手背上。

一股清凉触在晚江知觉上。晚江从未体验过这样的异性触碰。似乎不是吻，就是"怜香惜玉"这词本身。晚江突然呆了：她有限的见识中，金发的年轻王子才如此地一垂颈子，一俯脸，赐一个这样的吻给同样尊贵的女人。

晚江回家的一路，都在想那淡蓝月光里，在她手背上赐了一个淡蓝色吻的老王子。

她把它讲给洪敏听。她讲给他听，是因为这样亲密的话，除了洪敏，她没人可讲。她还想让洪敏也开开眼界。

洪敏入神地听着，没说什么。她要他模仿，他亦模仿得不错。她这样那样地点拨一番，说他“还凑合”。几天里洪敏一直没有话。有时晚江在骂九华，或哄着喂仁仁吃饭，偶尔瞥见洪敏的目光，会突然有些害怕。她不知道他目光怎么那样直。她不懂那目光中的木讷便是洪敏在忍痛，得死忍，他才铁得下心来。他在三天后铁下心来了。

他抱着她说：晚江，我看你跟那个人去吧。

晚江说：少发神经。她没说：跟谁去？你说什么呢？她马上反应到点子上了。证明她一刻也没停地和他想着同一桩事、同一个人。

这便让洪敏进一步铁了心。他说：那个人，不是丑八怪吧？

晚江毒辣辣地瞪着他，手里喂仁仁吃饭的勺子微微哆嗦。

听你说起来，他就老点，挺绅士风度的，是吧？我是真心的，晚江。去美国，嫁个有钱男人，现在哪个女人不做这梦？这梦掉你头上来了，搁了别人，早拍拍屁股跟了他走了。

晚江仍瞪着他，像他醉酒时那样不拿他当人看，觉得他有点好玩，有点讨厌。意思是说：看你还能出什么新招儿。但他觉得，她假装不拿他当真。她其实心给他说活了。本来就偷偷活了的心，此刻朝他的话迎合上来。他认识她那年，他十九岁，她十七岁。他们在相互要好或彼此作对时都会说一句陈词滥调：你撅撅尾巴我就知道你要拉几橛子屎。他们对彼此的知根知底如同在一片漆黑里跳双人舞，绝对搭档得天衣无缝，绝对出不了意外。

洪敏说：行啦，收起你那套吧。

接下去他和她平心静气地谈了一夜。他说到自己的无望，连一套把老婆孩子装进去的单元房都混不上。他说，这些年来，他给晚江往五楼上拎洗澡水并不能说明他有多模范，只能说他有多饭桶，有些本事的男人早让老婆孩子在自家浴室里洗澡了。他说：晚江，我宁可一辈子替你拎洗澡水，甭说从锅炉房拎着上五楼，就是上五十层楼，我死心塌地给你拎。可你马路上随便拉一个男人，他也拎得了洗澡水啊。

这个时分九华和仁仁在一层布帘那一面睡着了，他们听得见仁仁偶尔发出来的一声奶声奶气的呓语，或九华不时发出的鼾声。

洪敏感觉晚江的眼泪浴洗他一般，淌湿他的面颊、脖子、肩。这便是她在离别他了。他安慰她：就算咱们为孩子牺牲了。账记到孩子头上，他就不会怪罪她，也替她找了替罪的。

托了一串熟人，离婚手续竟在一礼拜之内就办妥了。

整个过程，刘先生全被蒙在鼓里。他以为晚江原本就没有家累。他很君子，在晚江对自己的隐私缄口时，他绝不主动打听。他认为晚江同他交往，自然是她能当自己的家，是她身心自由地同他交往。晚江愿意嫁给他，也是她自己拿主意。刘先生在这方面相当西方化，他绝不为别人的麻烦操心，绝不对别人的品德负责。即使晚江嫁他动机不纯，那是晚江人格上的疑点，他不认为纯化别人的人格是他的事。

出国前一天，晚江在楼道里烧菜。一切似乎照常，洪敏围着她打下手。他们生活十余年，一直是这样，事情是晚江做，收场是洪敏收：一桌菜烧下来，洪敏要挨个盖上盐罐、糖罐，塞上所有瓶塞，最后关掉煤气罐。

这晚上吃了饭，晚江看着捆好的行李，说她变卦了。她不想跟刘先生走了。她不愿带着仁仁跟一个比陌生人还陌生的男人远走高飞了。她说：他是谁呀？我连他那洋名字都念不上来。凭什么相信他呢？他把我们娘儿俩弄到美国熬了吃不也让他白吃了吗？

洪敏说有他和九华呢。他要不地道，老少两代爷们儿上美国跟他玩命。

晚江恨不得就一屁股坐下，赖在五楼上那个小屋里。那屋多好啊，给她和他焐热了，喜怒哀乐也好，清贫简陋也好，都是热的。她说：不走了不走了。她摇着脑袋，泪珠子摇得乱溅。我可受够你了，徐晚江。洪敏突然一脸凶恶。仁仁吓得“哇”一声哭起来。你他妈干什么事都有前手没后手。事出来了，屁股都是我擦。我他妈受够你了，你也让别的男人去受受你吧。晚江渐渐看出这凶恶后面的真相。他其实在说：我想给你好日子过，给你体面的房、衣裳、首饰，晚江，你值当这些啊。可我卖了命，也给不了你什么。你看不到我有多苦吗？我心里这些年的苦，你还要我受下去吗？

第二天一早洪敏从食堂打来粥和馒头，晚江一眼也不看他。晚江就那样带着一张蜡脸，义无反顾地领着仁仁下楼去了。她知道洪敏正看着她迈进停在楼下的汽车。汽车是瀚夫瑞专门租的，里面有大束的玫瑰。她知道洪敏一直看着汽车远去。清晨晾出去的被单、枕套，这时舞成了一片旗。

## 3

晚江躺在黑色大理石浴室里，看天窗外深深的晴空成了一口井。沿天窗的窗口，挂了几盆吊兰，藤萝盘桓，织成网，同巴西木的阔叶纠缠起来。巴西木与龟背在这里长得奇大，叶片上一层绿脂肪。

晚江每天在浴盆里泡两次。有这样好的浴盆，她不舍得空着它。热气在天窗下挣扭，越来越厚的白色蒸汽渐渐变成水珠，滴在植物叶子上。晚江的体温同蒸汽一起升起，空气是肥沃的，滋养着所有植物。

此刻她感觉她的体温上升、漫开，进入肉乎乎的枝叶和藤葛，进入它们墨绿的阴影，形成虫噬般细小的沙沙声。光线变一下，晚江猛侧过脸，见瀚夫瑞进了浴室。她立刻往水里倒些泡沫浴剂，身体便给藏得严严实实。接连几天，瀚夫瑞在她泡澡的时间进入浴室。她只能以非常微妙的动作，将浴盆边的电话接缘也破坏掉。这样洪敏的电话便打不进来了。他打不进来，瀚夫瑞便不会看出破绽。

这是第十天了。洪敏的电话给堵在外面。

她等得一池水冷下去，瀚夫瑞仍在那里慢慢地刮胡子。洪敏不可能一直等下去。三个方向的镜子里，瀚夫瑞的正面、侧面、背面，都很安详。晚江知道那一头洪敏已放弃了，垮着身架走回舞厅，为老女人们喊着心灰意懒的口令“一、二、三、四”。

瀚夫瑞刮了脸，又涂上 Polo 须后水，清香地对晚江微微一笑，走进浴室套间。那里是他和晚江的储衣间，比晚江曾经的洞房还大些。瀚夫瑞每天早上仍是要挑选外衣、衬衫、裤子和鞋袜，仍像从前上班那样认真地配一番颜色、式样，只是省略了领带。退休的瀚夫瑞希望生活还保持一个浓度，不能一味稀松下去。

晚江想，这一天又完了，又错过了洪敏。接下去会是两天的错过，因为是周末。周末晚江对洪敏毫不指望，那两天他最是忙碌，从上午到凌晨，给老女人们伴舞。她知道洪敏最惨的是星期六晚上，他得一刻不停地舞，给一大群浓妆艳抹的女人做小白脸。也是个老小白脸了。

却在星期六晚上的餐桌上，仁仁接了个电话。女孩子随便答了几句话便打发掉了。挂了电话，晚江瞅了她几眼，女孩的神色纹丝不动。“找谁的？”瀚夫瑞问。“找刘太太。”仁仁回答。“事情要紧吗？”瀚夫瑞又问。“谁知道。”仁仁答道。

电话铃五分钟之后又响起来。瀚夫瑞伸手去接。坐在他旁边的人都听得见那头的热络女人。“请问，刘太太方便接电话吗？”瀚夫瑞请她稍等，便将电话递给晚江。晚江笑眯眯的，心里飞快盘算何时离开餐桌以及怎样能合情合理地独自走开。

晚江同电话中的陌生女人客套着，一面不紧不慢从餐室出去，穿过厨房。抽油烟机还在转动，她任它转去。陌生女人问："现在方便了吧？"不等晚江应答，那边的电话已给洪敏抢过去："喂？！"晚江马上听出他来势不妙。"刚才接电话的是谁？是仁仁吧？！"洪敏问道。晚江没有直接回答，抓紧时间告诉他，她这十多天一直在等他电话。

洪敏什么也没听进去："这小丫头怎么给教成这样啦？！一句中国话不会说？我说请问刘太太在家吗？她跟我一通叽里咕噜，我又问她一句，她还跟我叽里咕噜，欺负我不懂英文是怎么着？"他火大起来。洪敏不爱发火，但一发就成了野火。这种时候晚江就要放小心了，平时使的小性子，这时全收敛起来。

晚江说："大概她没听出来是你。"

"对谁她也不能那么着吧——狂的！！"

晚江知道他火得不轻，曾经要拿大板砖拍马团长的劲头上来了。平常日子里晚江是爱闹的那个，但只是小打小闹，闹是为了给洪敏去哄的、去宠惯的。过去在一块儿，他们之所以从没闹伤过，就是因为两人在情绪发作时一逗一捧，有主有次。晚江这时任洪敏跳脚蹦高，一味代仁仁受过。也为她开脱，说女孩子在十四五岁，都要作一阵怪；仁仁所有的女同学都一样可恶，对成年人爱搭不理。洪敏还是听不进去。

“你们教育的什么玩意？！一个九华，给你们逼成小流浪汉了。”一到洪敏把晚江称作“你们”，事情就可怕起来。他拉出一条战线，把晚江、仁仁都搁在瀚夫瑞那边，他感受到的不仅是强与弱、尊与卑的对立，他还感到了叛卖。“你们以为你们这样教育她，就能让她的黄脸蛋上长出蓝眼睛大鼻子啦？！”

晚江不吭声了。让他去好好发作，去蹦高。二十多年前，她就懂得洪敏难得火一次，火了，就让他火透。然后她总是抓一个合适的时机哄他。她从来都是把时机抓得很准，一句哄下去，不管事态怎样血淋淋，痛先是止住了。这时瀚夫瑞来到厨房翻找一张账单，晚江心急火燎等他走开。而洪敏因为没及时得到她的哄慰，只有一路火下去。晚江想，这个时分她只消上去递块毛巾，或一杯水，或者轻轻摸一摸他的头发；甚至只消走过去，挨在他身边坐下来，坐一会儿，使他感到她是来同他做伴的，无论他做什么，都不孤绝，都有她的陪伴。

晚江看一眼瀚夫瑞。他翻找东西动作仔细，每样东西都被他轻轻拿起，又轻轻摆回原样。她只能撤退到客厅。“听我说一句，好吗？”她说。

洪敏一下子静下来。他火得昏天黑地，晚江的声音一缕光亮似的照进来，给了他方向。他立刻朝这声音扑来。“你得让我见见仁仁，我非得好好揍她一顿。”洪敏说，“九华小时候挨了多少揍？现在你看怎么样？他就不会像仁仁这样忘本！我揍不得她怎么着？！”

瀚夫瑞出现在客厅门口，晚江马上堆出一点笑来，用眼神问他：“有什么事吗？”瀚夫瑞表示他在等电话用。但他做了个“不急，我等你用完”的手势。“揍才揍得出孝顺，”洪敏说，“揍，这些孩子才不会忘恩负义！”

晚江插不上嘴了。她很深地叹了口气。这声叹息站在跟前的瀚夫瑞毫无察觉，而洪敏远远的却听见了。瀚夫瑞又做了个“不急”的手势，在门口的沙发角上坐下来。晚江此时不能再来一次“撤退”，那样瀚夫瑞就会意识到她有事背着他。洪敏从晚江很深的叹气里听出她的放弃：她身体往下垮，两手苦苦地一撒，意思是：好吧，你就闹吧。他看得见晚江此刻的样子：她突然衰老疲惫起来，让个蹬、打、哭闹的孩子磨断了筋骨，只好这样苦苦地一撒手：你爱怎么就怎么吧。

曾经，洪敏最怕的，就是晚江这一手，安静极了的一松垮、一撒手。那种苦苦的放弃，那种全盘认输的神伤，那种自知是命的淡然，真叫他害怕。

过了半分钟，洪敏说："晚江，别拿我刚才的话当真啊，都是气话，别气，啊？"

像所有搭档好的男女一样，他们总是相互惹一惹，再相互哄一哄："就当我刚才的话是狗屁，行了吧？"

晚江见瀚夫瑞的目光收紧了。他自己也意识到这一点，慢慢将眼睛转向别处。他慢慢站起身，表示他不愿碍她的事。晚江的手捂住话筒，说："我马上就讲完。"

瀚夫瑞迟疑地站在那里。洪敏还在说："你没让我气得手心冰凉吧？手心凉不凉？"

"不凉。"晚江说，"烤芦笋就是吃个口感，时间长了，口感就完了。再说色彩也不好看。"

"你过去一气手心就冰凉。"洪敏说。

"行了，现在可以浇作料了。作料一浇就要上桌，不然就是作料味，不是芦笋味了。"

"晚江，你就不能让我见见你？我想看看你剪了头发的样儿。"

"现在怎么样？外脆里嫩，就对了。不用谢，忘了什么，随时打电话来问。谢谢你上次订餐。"

最后这段话，晚江和洪敏各讲各的，但彼此都听懂了和解、宽心、安恬。瀚夫瑞想，这下可好了，主妇们遥控着一个烹饪教练，由晚江远远替她们掌勺，她们得救了，这个家还有清静吗？想着他便对晚江说：“以后不要随便把电话号码给出去。”

晚江累得够呛，笑一笑，不置可否。

## 4

雨大起来，瀚夫瑞撑着伞，看晚江水淋淋地消失在雨幕后面。他一般不阻止她什么。他只说：“我要是你，下雨我就不跑了。”他只把话说到这一点：“我要是你，我不会这么做。”瀚夫瑞不仅对妻子晚江如此，亦以同样的态度对仁仁、路易、苏，一切人。他的态度是善意的，但绝对局外。言下之意是可惜我不是你，因此你对你的决定要负责，而不是我。他对苏说：“我要是你，一定会重新摆一下人生的主次：不把养鸟作为主要的生活内容。”他对路易说：“我要是你，就去读个工商管理硕士学位，提拔起来要快许多。”他对仁仁说：“换了我，我就把钢琴弹成一流，将来考名牌大学可以派用场。”瀚夫瑞和仁仁的对话里，每天都有“我要是你”的虚拟句式。他每星期六去一个艺术博物馆做四小时义工，也给晚江在艺术品小卖部找了份半义工，而仁仁就去听馆内免费的艺术讲座。仁仁一旦反抗，说她同学中没一个人去听这种讲座，瀚夫瑞便说："我要是你，就不去跟任何人比。"碰到仁仁敲他竹杠，要他给她买名牌服饰，他就说："换了我，我才不上名牌的当。"仁仁在这方面很少听他的意见，总是不动声色到试衣室披挂穿戴，然后摆出模特儿的消极冷艳姿态，对瀚夫瑞说："请不要晕倒。"瀚夫瑞眼光是好的，立刻会欣赏地缓缓点头，同时说："但是，太贵了。"仁仁便说："请不要这么吝啬。"两人往往会有一番谈判，妥协的办法是瀚夫瑞出一大半钱，剩下的由仁仁自己贴上去。仁仁有自己的小金库。每回钢琴考试得一个好成绩，瀚夫瑞给两百元奖金；芭蕾不旷课，每月奖金一百；擦洗车子，每次七八元；学校里拿一个"A"，奖金十元；"B-"，罚金五元；和男生通电话，罚金五十；和女生通电话超过半小时，罚金十元。那些细则复杂得可怕，但仁仁和瀚夫瑞都很守规则、讲信誉，前律师和未来的法学优等生一样心狠手辣，但晓之于理。瀚夫瑞在仁仁身上的投资是可观的，从德育、美育到日常的衣饰、发型。但他并非没有原则。原则是衣饰方面，他的投资每月不超过一百元，超额的由仁仁自己承担。老继父提出，他可以贷款给她，利息却高过一般信用卡公司。十四岁的仁仁和七十岁的瀚夫瑞在金钱面前有相等的从容，谈起钱来毫不发窘，面不改色，虽然谈判时你死我活，也偶然谈崩，却是十分冷静高雅。仁仁在说“你欠我五元的物理课奖金”时，那个风度让人目瞪口呆。那是完美的风度，含有自信和冷冷的公道。

仁仁正按照瀚夫瑞的理想长成一位上流淑女。瀚夫瑞二十多年前对苏也有过一番设计，而他终于在苏高中毕业时放弃了。他对路易也不完全满意。路易身上有美国式的粗线条，钢琴学成半调子，对艺术很麻木，过分热爱体育和股票。在路易成长时，瀚夫瑞事业正旺，没有余力投入到路易的教化中去。而对于仁仁，他现在花得起时间和心血了。他教她背莎士比亚、艾米丽·狄更生，他想仁仁的姿态高贵是没错的，但他顶得意的，是女孩将有精彩的谈吐。

雨稠密起来，也迅猛了。晚江是这天早晨唯一的长跑者。长跑目前给了她最好的思考形式。她在跑步中的思考越来越有效率，许多事都是在长跑中想出了处理方案。她却一连多日想不出办法去对付洪敏。最近几个礼拜，他每次打电话都要求见晚江和仁仁。晚江叫他别逼她。洪敏说，两年了，他逼过谁。晚江一阵哑口无言。

洪敏来美国已经两年。他找了个开旅游公司的熟人替他办妥签证。晚江付了那个熟人五千块钱。她和他从不提见面的事，都暗暗懂得见面可能会有的后果。后果可能有两个：失望，或希望。希望会是痛苦的，意味着两人间从未明确过的黑暗合谋：瀚夫瑞毕竟七十了，若他们有足够的耐心和运气，将会等到那一天。这等待或许是十年，最多是二十年，但不是无期的等待。他们只需静静埋伏，制止见面的渴望，扼杀所有不智的、不冷静的情绪。而他们更惧怕的，是失望；是那相见的时刻，两人突然发现十年相思是场笑话，他（她）原来是这么个不值当的人，如此乏味，令人生厌。失望会来得很彻底，从此他们踏实了，从此连梦都可以省略了。十年里他们梦中见到的，总是十九岁、二十岁的晚江和洪敏，失望会以四十二岁的晚江和四十四岁的洪敏去更替，更替一旦失败，他们连梦也失去了。没人去梦一梦，大概就算是死亡的开始。

晚江对这一切，并没有意识，她直觉却非常好，是直觉阻止她去见洪敏的。

跑到古炮台拐弯处，她见九华和小卡车孤零零在那里。她走近，发现九华睡着了，头歪向窗子。窗缝不严，雨水漏进来，湿了他的头发和肩膀。她轻轻拉开门，坐到九华旁边。她一点也不想唤醒他。就是他昨夜又没出息地看了一夜肥皂剧，她也愿他就这样睡下去。她轻轻把他的身体挪了挪，将他的头靠在自己肩上。车外的雨和车内的恬静都特别催眠，晚江不久也睡着了。

她惊醒时雨已停了。云雾在上升，有些要出太阳的意思。已经八点五十分了，她赶紧推开车门。九华睁开眼，正看见母亲在车外跟他摆手道别。他马上拿起盛豆浆的保温瓶，向她比画。她笑了笑，摇摇头。母亲两鬓挂着湿头发，湿透的衣服贴在身体上，显得人也娇小了。

晚江跑回去时，心里想，这不难解释，就说雨太大，躲雨躲到现在。

海边没有了瀚夫瑞，晚江便直接回家。家里车库开着，瀚夫瑞的车上满是雨珠。礼拜六，不必送仁仁上学，他开车出去做什么？她发现车门也没锁，欢迎打家劫舍似的。她没有多想，走了进去，捺一下自动开关关上车库门，一转脸，见瀚夫瑞拿一块浴巾下楼来。他裤腿湿到膝下，肩头也有雨迹。晚江说："你先回来啦？看你不在，我还有点慌呢。"

瀚夫瑞看一眼她透湿的衣服和鞋，说："你要感冒的。"

他打开浴巾便去擦车身上的雨水。晚江上去，打算把擦车的活接过来。他却说："去洗澡换衣服吧。要感冒的。"他慢慢下蹲，擦着车下部，又慢慢站直。他感觉到晚江在看他下蹲、起立时的老态，再一次下蹲时，他加快了动作，尽量灵便，但一只手慢慢撑住墙。

晚江说："我在炮楼里躲了一会儿雨，又怕你着急，干脆不躲了，就跑回来了。"

瀚夫瑞弓腰时险些失去平衡，人轻微向前一栽。他怕晚江又要说"我来"，赶紧对她说："快去洗澡吧。"

晚江问："你刚才开车出去了？"

他说没错。

晚江想等他主动告诉她，他一早开车去了哪里。他只是专心擦车，让话顿在那里，又让停顿延长。她只好另开一个头，说："在炮台里躲雨有点害怕呢。"他猛一个起立，膝盖噼啪地响。"那炮台里有点阴森森的。"她又说，自己恨自己：有什么必要呢？这样讪讪的。

"我回来的时候，车库门大开，车门也没锁。"

瀚夫瑞说："我忘了。"

他怎么可能忘了锁车呢？他那么爱他的车。晚江一整天都在想瀚夫瑞的反常。仁仁有两个女同学来串门，把食品和饮料全拿到她卧室去吃喝。她们把门关得严严实实，里面传出闷闷的摇滚。午饭之后，仁仁跑到地下室，向苏借卡美哈米亚和黑猫李白。之后仁仁卧室的门又紧闭了。其间有三个电话是打给仁仁的，瀚夫瑞去敲女孩的门，仁仁说她不接电话。瀚夫瑞叫晚江进去看看，女孩们是否在吸毒。

晚江端了一盆水果沙拉，敲开门，见三个女孩全疯得一头汗。黑猫在一个白种女孩怀里熟睡，仁仁和另一个亚洲女孩在哄鹦鹉开口。白种女孩眼珠上戴了紫色隐形眼镜，仁仁和另一个亚洲女孩以同样方法把眼珠变成了绿色。她们每人都涂了发黑的唇膏。女孩们一副公开的不欢迎姿态对晚江道了谢。

晚江退出来，发现瀚夫瑞在楼梯口站着，脸色很难看。他问晚江是否发现了疑点，比如空气中的大麻气味。晚江告诉他，女孩们不过是涂涂唇膏，改了改眼睛颜色。瀚夫瑞冷冷一笑，说那都是幌子，女孩们躲在浴室里吸大麻。这时从仁仁卧室突然传出警车的长啸，凄厉至极。瀚夫瑞快步走过去，使劲敲门。里面笑声哗然而起。瀚夫瑞叫起来："仁仁，给我开门。"笑声越发地响，警车也鸣叫得越发凄厉。瀚夫瑞绅士也不做了，猛力推开门，见三个女孩躺在地上大笑，鹦鹉微仰起头，"呜——呜——"长鸣。黑猫李白半睁眼，露出两道金黄色目光。

晚江不由得也笑起来。这只鸟的前主人住在贫民区，警车频繁过往，它便学会了模仿警笛声。

瀚夫瑞有些下不了台。他愣怔一会儿，对仁仁说："请同学们回家吧。"

仁仁一下子止住笑，问道："为什么？"

"不早了，party 可以结束了。"

仁仁望着老继父，又说："才六点钟啊。"

瀚夫瑞说："可以结束了。"

"为什么？"女孩从绿色隐形镜片后面看着微微发绿的瀚夫瑞，"我们又没惹谁。"

瀚夫瑞和仁仁的对话使两个做客的女孩两面转脸。她们不懂他们的中文，却大致明白两人开始了争执。"尝一尝大麻是可以的，但不可以过分。换了我，我不会把抽大麻看成很酷。我也不会用我的屋招待别人抽大麻。"

仁仁说："我没有在我屋里招待她们抽大麻。"

"我更不会请她们在浴室里抽大麻。"

仁仁要激烈反驳，却突然丧失了兴致。她用英文低声说："得了，爱说什么说什么吧。"

瀚夫瑞给她这句话深深刺痛。他知道天下少女都爱刺痛人，但这记刺痛来自仁仁，他还是有点意外。瀚夫瑞很快克制了自己，替女孩们掩上门，终究没有失体面，退场退得十分有尊严。晚江想，他这生打输的官司不多，即便输，也是这样板眼不乱，威风不减。

从关闭的门内又传出鹦鹉学舌的警笛声。却没有笑声了。人来疯的鹦鹉感到无趣了，叫到半截停了下来。不久，女孩们的母亲开车来接走了她们。

吃晚饭时，瀚夫瑞很平静，也很沉默。仁仁不时偷看他一眼。开始她还不动声色，脸色雪白，女烈士般坚贞。渐渐地，她发现瀚夫瑞的平静是真心的，不是为跟她斗气而装出来的。女孩挺不住了，在晚餐结束时说："对不起，我说了谎。"

瀚夫瑞说："这我理解。"他喝了一口加冰块的矿泉水，"换了我，我也会撒谎。撒谎是因为心里的是非还很清楚，对不对？"

仁仁看着他，不吭声。

"撒谎就证明一个人对自己的所为有所害羞。"瀚夫瑞说，"换了我，我也会硬说自己没抽大麻。"

晚江正收拾碗碟，见苏从地下室上来了。她端着一个盘子，里面搁一块血淋淋的牛肉。她拉开微波炉的门，动作几乎无声。然后微波炉里微弱的灯亮了，照在作响的牛肉上，血冒起丰富的泡沫。粉红色泡沫溢出盘子，流淌在玻璃转盘上。几分钟后，苏的晚餐已就绪。她一向把盐和胡椒往肉上一撒，就开吃。刀叉起落，盘中一片血肉模糊苏也嚼得香，咽得顺畅。晚江见她骑坐在酒吧高凳上，脸还是昨天洗的，枯黄的头发遮去一半五官。苏隔着玻璃门听瀚夫瑞和仁仁对话，同时切下一块看着仍鲜活的牛肉搁进嘴里。她咀嚼得十分文雅，还有瀚夫瑞栽培的闺秀残余。她的刀叉也是雅静地动，闪出瀚夫瑞的理想。晚江从她身边走过，看见灯光在她面颊上勾了一层浮影，很淡的金色。那是苏过长的鬓角，也可以说，苏是暗暗生着络腮胡的女子，只是那髯须颜色浅淡，得一定的灯光角度才使它显现，苏很少接受邀请参加家庭晚餐，她想什么时候晚餐就什么时候晚餐，想吃什么就吃什么。

厨房一股稠酽的血腥。瀚夫瑞一时想不起这股气味是怎么回事，便在心里琢磨了一会儿。这时他一眼看见正要溜出厨房后门的苏。她打算从后院楼梯进入地下室。

“苏。”瀚夫瑞叫道。

苏茹毛饮血地一笑。她穿一件宽大的T恤衫，上面印着“变形金刚”，几年前它大概穿在一个大个头男孩身上，下面是件大短裤，打两只赤脚。这幢豪华宅子里一旦出现垃圾：带窟窿的线袜，九角九分的口红、发夹，或霉气烘烘的二手货毛衣、牛仔裤、T恤，一定是苏的。

“你有一会儿工夫吗？”瀚夫瑞问道，“我可不可以同你聊两句？”他看着这个女子。她是他白种前妻的女儿，多年前一个天使模样的拖油瓶。瀚夫瑞一年见不了苏几次，见到她他总会有些创伤感：白种前妻为情欲所驱，跟一个年纪小她十岁的男人跑了，把六岁的苏剩给了他。前妻偏爱路易，同他打官司争夺两岁的路易，但她官司输掉了，把路易输给了瀚夫瑞。就是说瀚夫瑞生活中有一片创伤，以苏为形状，同苏一样静默的创伤。

苏说：“当然，当然。我没事。”她知道瀚夫瑞怕看她的头发，赶忙用一只手当作梳子把长发往后拢了拢。其实从路易扔掉了她的梳子，她迄今没梳过头。

晚江心里一紧张，一只不锈钢勺子从她捧的那摞盘子里落下来，敲在大理石地面上。

“你现在在哪里工作？”瀚夫瑞问道。

“在宠物商店啊。”苏说。

瀚夫瑞看着她喝酒喝变了色的鼻头。这鼻头更使苏有一副流浪人模样。这时仁仁走出餐室，晃晃悠悠提一只空了的矿泉水瓶子和细亚麻盘垫，见瀚夫瑞和苏的局势，向晚江做个鬼脸。

“哪一家宠物商店？”瀚夫瑞问。

“就是原来那一家。”苏答道。

瀚夫瑞不知从哪里摸出一张纸片，朝苏亮了一下。

“这是一家宠物医院。那位女兽医说，你明天不必去上班了。”他把那张小纸片往苏面前一推。

苏的脸飞快地红起来。红的深度依然不及鼻子。

晚江轻手轻脚地冲洗盘子。仁仁轻手轻脚地将一只盘子搁入洗碗机。

“事实是，你早就不在原先那家宠物商店工作了。对不对？”瀚夫瑞说，“我并不想知道他们解雇你的原因。因为原因只会有一个。”苏慌乱地重垂着头，两只赤脚悬在凳子与地面之间。人在局促不安时不应该坐在高脚凳上。像苏这样上不挨天下不沾地，更显得被动和孤立。晚江涮着一只炒菜锅，仁仁已张开毛巾等着擦干它。两人都在走神。或说两人听酒吧这边的谈话正听得入神。

“那么你在这家宠物医院，每天工作几小时？”

“我根据他们的需要出勤。得看寄宿的宠物多不多。有时三个狗员都忙不过来。”苏说，“比如上个星期，我上了六十几个小时的班。”

瀚夫瑞不作声。他一不作声，你就更迫不及待地想说话，想辩白。她说她对不住瀚夫瑞，但她不是有意要瞒他的。她每天都想告诉他，但每天都错过了同他的碰面。她说她感谢他主动提起这件事。瀚夫瑞仍不作声。他的沉默进一步刺激了她，使她更加饶舌，也就使她的饶舌更显得多余和愚蠢。她说其实她并不在意失去宠物商店的固定工作，因为她更喜欢遛狗员的差事，前者她更多地同人打交道，而后者她只需和动物们打交道。和动物们打交道时你会意识到世界是多么省事。动物让你感到人是多么冷血多么虚伪多么可憎。瀚夫瑞就那样静静的，脸上有点被逗乐的神情。她终于意识到这样说下去会收不了场，便神经质地一下子停顿下来。之后，她又说："希望你能原谅我，瀚夫瑞。"

"原谅你什么？"瀚夫瑞怔怔的，似乎不知道他有那么大的权威去原谅谁。

"原谅我撒谎。"苏说。

瀚夫瑞站起身，手按了按苏的肩膀。他走出去半晌，苏才又重新拿起刀和叉，"沙啦啦"地在瓷盘上拉着冷掉的肉。

晚江对仁仁使了个眼色。仁仁不动。她的眼色狠起来，女孩向客厅走去。客厅里传来仁仁和瀚夫瑞的对话，没人能听见他们在讲什么，但谁都能听出多么知心。五分钟后，仁仁的钢琴奏响了。晚江知道女孩向老继父讨了饶。晚江把大理石地面上的水滴擦干净。她一边擦一边后退，以免再去踏擦净的地面。她发现自己握拖把的手吃着很大一股力。她在瀚夫瑞跟苏对话刚刚开始时，就明白了一切。瀚夫瑞在早晨做了什么，她全明白了：他见雨大起来，便回家开了车出来，打算去她的长跑终点接她，却看见晚江在破旧的小卡车里和九华相依而眠。他为那份自找的沦落感而恶心。他们偏要搞出这种孑然而立、形影相吊的悲剧效果，难道不肉麻？他原想叫醒他们，但想到一场窘迫会把自己也窘死，便掉头走开了。他决定以别人为例来点穿它。他一天都在借题发挥，指桑骂槐。

晚江想：随你去指桑骂槐吧。揭出来，大家羞死。因为你制止母子的正常往来，你却制止不了他们的暗中往来。对于一个母亲，任何不争气的孩子都是孩子，都配她去疼爱。要说我的爱是野蛮的、兽性的，就说去吧。她只要还有一口气，就有一份给九华的爱。你不挑明，好，你就忍受我们吧，你要有涵养，就好好涵养下去。

她收拾了餐室，脚步轻盈地走出来，对苏扬起嗓子“Hi”了一声。苏暗自回头，发现晚江猝然的好心情不是给别人而是给她的。她赶紧也“Hi”回去。晚江问苏要不要来点汤。苏想这女人今晚怎么了。她说：好的，谢谢。晚江盛了一碗汤，放到微波炉里，以食指在数码上飞快地一掀，然后她一只脚掌踮起，将自己旋转起来，转向苏，笑了一下。她心里还在说：你瀚夫瑞想做个高尚的人，永远在理，就做去吧。

苏也赶紧还个笑给她。晚江把热得滚烫的汤端到她面前，然后两手就去捏耳垂，脚还小蹦小跳的。苏心里想，她从来没发现这个女人如此年轻。晚江拉开抽屉，拈起一个汤匙，递给苏。苏从来没受过人这般伺候，觉得马上要累垮了。她赶紧去对付汤，一圈一圈搅动，要搅到合适的温度，免得喝出声响来。晚江却笑起来，说喝中国汤温度是滋味之一，没温度就少了一味，滋味好，你嘴巴尽可以热闹。晚江心里仍没有休止：你瀚夫瑞要做君子，那你就好好看小人表演吧。

“苏，你以后一定要来吃晚饭。多一个人吃饭，我也好有借口多烧两个菜！”

苏想，别管真假，先答应下来再说。她热情地喝着汤，一缕浅黄的头发在汤面上扫来扫去。

“你答应了？”晚江的手指住她。

苏马上连说谢谢。苏的流浪天性在此刻全在她眼睛里。那是一双焦点不实的眸子，有些褪色。你认真同她说话，她会努力对准焦距。

那天晚上路易下晚班回来，对谈笑着的晚江和苏非常惊讶。晚江高高坐在吧凳上，地板上堆了一堆毛衣、线衫、T恤，一看就是晚江和仁仁穿剩的。苏正套了一件仁仁的少儿绒衣，上面印了只金黄刺眼的翠迪鸟（Tweety Bird），腿上是晚江的紧身裤，紧得随时要爆炸。他嘴里向她俩问候，眼神却很不客气：你们俩为了什么样的无聊目的走到了一起呢?

## 5

每次晚江做鸡尾酒会餐，她都会雇用两个男学生、两个女学生。其中一个男学生是南美人，在一家私立的厨艺学院读书，指望将来成个科班的法国厨子。他领导另外三个雇员的服饰潮流，以及表演台风。四个年轻雇员一身白衣，头戴白色厨师帽，天鹅一样高傲地在上百人的酒会中去游。

晚江很少到前台亮相。她只是把事先准备好的食物塞入烤炉、蒸笼。她的紫菜蒸鲑鱼是要到现场做的。她信不过超市的鱼，同一个鱼行直接订货，鱼都是当天早晨捕获的。她将鱼切成条，直径铜板大小，再以大张的紫菜将它裹住，用糯米浆封住口，一个卷筒形成了。再把它截成六七截，摆到笼屉上。

瀚夫瑞见晚江一绺头发挂下来，她“呼”地吹开它。她做事的样子非常迷人，手势、眼神、腰肢，都像舞蹈一样简练而准确，没有一个步伐、动作多余。她用小型榨碎机绞出鲜柠檬浆，再兑些淡色酱油进去，便是紫菜鲑鱼的作料。他瞄一眼手表，整个过程才十分钟。假如说晚江是这场酒会的主演，她的表演唯有瀚夫瑞一个人观赏。唯有他有如此眼福看晚江舞蹈着变出戏法：鲜蘑一口酥，鸡汁小笼包，罗汉翡翠饺，荞麦冷面。瀚夫瑞想，这个女人怎么如此善解人意？她很快把菜做得这样新潮，她已基本不用猪肉和牛肉了，所有的原料都是报刊上宣扬的时尚食品，都让人们在放纵口腹之欲时，保持高度的健康良知。薄荷鸡粒登台了。一片片鲜绿的薄荷叶片上，堆一小堆雪白的鸡胸颗粒。这场操作有几百个动作：将预先拌好的鸡肉一勺勺舀起，放在两百片薄荷叶子上。换了任何人做，失手是不可避免的，而一失手就会使节奏和动作乱套，一切就成了乱仗。而晚江像对前台的一百多食客毫无知觉，那一百多张嘴连接起来是多长一条战线，她毫不在意，她只做她的。闲闲地一勺一勺地舀，一片叶子一片叶子地填，以一挡百,一个打错的靶子都没有。

瀚夫瑞在晚江结束这道菜时深喘一口气。是替她喘息。她两手撑着叶子，眼盯着下一道菜，似乎在定神，又像是战前目测行动路线。她穿白色棉布短袖衫和浅蓝牛仔裤，一副清爽的野餐形象。瀚夫瑞想：即使是手把手去教，那些主妇一生也学不成晚江这样。你看她此刻两眼茫茫的，但谱全在心里；或许更玄，她心里都没准谱，一举一动，就全成了谱。

晚江从五年前打起招牌，做此类食品堂会，生意不旺，也不冷清，一个月总要开张一两次。瀚夫瑞替她管账，包括分发雇员工资。每次结账，她剩不了多少钱，最好的时候只能有千把元收入，但每做一次，她都标新立异。你会觉得一百多名客人都是陪她玩耍的，她要看看自己的恶作剧在他们那里的反应。

偶尔会有客人对预科法国厨子赞美菜肴的美妙。预科大师傅便略一颔首，模棱两可地认领了原本属于晚江的赞美。他本想从晚江那里学几手，或者索性偷几手，却发现她路子太野，随心所欲，甚至扑朔迷离，因而任何的菜肴都不易重复。难以重复的东西，都是缺乏科学的；科学的第一项特质就是可重复性，预科大师傅对于晚江缺乏科学的厨艺，便从此一笑置之了。

这时预科大师傅被两位五十来岁的女人缠住，要他供出做这些菜肴的绝招。她们逼得他无奈，只好承认这并不是他的厨艺。预科大师傅把晚江从厨房里领出来。晚江一身一脸的闲情逸致，朝两位上流妇人浅鞠一躬。

她抬起头，看见观众里多了一张面孔。两位妇人身后，站着洪敏。一刹那间，她感觉这张面孔变了太多，五官都有些发横，个头也不如记忆中颀长。十年带走了他身上和脸上的不少棱角，给她的第一印象是圆滑。人的外形也会是圆滑的。这圆滑便是一种苍老。她也在洪敏眼里，看到相仿的感叹。他也穿越了陌生和疑惑，终于认定了她。

她笑了笑说："哎呀，你怎么在这儿？"

"嗯。"他也笑一下，"你行啊，做菜成大腕儿了。"晚江对他的用词似懂非懂。其实他和她对于彼此都在似懂非懂当中，因为这时分，对某句话、某个词汇的具体理解，变得次要了。

晚江向两个热心的妇人道了歉，硬是撇下她们，走到洪敏跟前。她眼圈一红。他的笑容撑不住了，面容顿时变得很难看。她把两个拇指插在牛仔裤两侧的兜里，成了个手足无措的女中学生。他告诉她，他偶然听到夜总会一位女会友提到晚江。女会友只说有这么个中国内地来的女人，做菜做得很棒，中西共赏。他就猜到了晚江。他便设法混进了这个酒会。

"你真是的，我一点都没想到你会在这里。刚才吓死我了。"晚江说。她手一抹，横着挥去两颗泪珠。

她一旦开始用这种闹脾气的语调说话，一切陌生、疑惑都过去了。洪敏以一个极小的动作，领她向门外走去。几乎不是动作，而是男舞伴给女舞伴的一个暗示。她跟着他走的时候，忘了瀚夫瑞还在厨房里等候她。她只是打量洪敏，他穿一条卡其色的棉布裤子，一双棕色皮鞋，上衣是件黑西装便服，里面衬着黑衬衫。打扮是登样的，姿态也是好的，而太合体的衣服在一个男人身上，就显出一点轻薄来。晚江自然不会这样去想洪敏。她只是觉得他的打扮和一个夜总会交谊舞教员很吻合。

走过门口，几个中年的亚裔女人同洪敏点点头，也好好地盯了一眼晚江。她们的目光告诉晚江，她们是知道故事的人。

洪敏对其中一个中年女人说：“看着点，假如那个戴眼镜的老头过来，给我报个信儿。”他指的是瀚夫瑞。女人们笑嘻嘻地拍他肩打他背，大声说：“放心吧，我们一定帮你缠住他。”

晚江顾不上她们有些肮脏的笑声脆得刺耳。她只顾着看洪敏。一阵子的批评过后，她感到他是那么顺眼。在门外，他一伸手，拉住了她的手。

他们手牵手来到电梯后面一个死胡同里。走廊里灯光照不进这里，两人再也无须相互打量了。晚江感觉洪敏的下巴抵在她额上。她便用额去抚摸这下巴，那上面刮脸刀开动着来回走，走了三千六百五十个早晨。她的额角抚出了他面颊上那层铁青，很汉子的面颊。抚着抚着，晚江哽咽起来。

他触摸到她两个肩胛骨因哽咽而有的耸动。他开始摇她，想把她哄好，却越哄越糟。她挣扭起来，抽出一只手，在他身上胡乱地打。徒劳一阵，他就随她闹去了。她累了，由他抱着她，歇在那里。两人全失神地站着，呼吸也忘了。他慢慢从衣袋里拿出一包纸巾，抽出一张，塞给她。她的手麻痹地拿着纸巾，不知该用它做什么，他只好把她的脸扳得稍稍朝向走廊的灯光，拿纸巾把她脸擦干。他感觉她下巴在他掌心里抽搐得很凶。他轻声说："你剪短头发很好看。"

她想：这句无聊到家的话是什么意思呢？她说："难看你也得看。"

他本来想说：要不是我硬来，还不知道哪年哪月才见得到你。但他知道这话讲不得，此类话在眼下的情形中万万讲不得。"你怎会难看？你要想难看还得费点事。"

"你心想，她还不定老成什么样呢。"她说。心里不是这句话，心里是：多亏你横下心，不然我是下不了决心见你的。她也明白这类话不能说出口，说出口，他们就真成了同谋。十年前，他和她完全是无心的，他们当时没有任何谋划的意思。若把那类话吐出口，他们便再也清白不了了。苍天在上，他们当时半点阴谋也没有。而这十年，却秘密地成了他们的埋伏期。

晚江的面颊贴在洪敏胸口上。他的气味穿透了十年，就是他送走她那个早晨的气味，是那个挂美丽窗帘的简陋小屋的气味。这气味多好，永不改变，用什么样的廉价或昂贵的香水，都休想更改原汁原味的洪敏。戒烟也是无用的，晚江能嗅出他的一切癖好、恶习，嗅出他少年受伤的膝盖上贴的虎骨膏药，以及他每一次在分房落选后的烂醉。

洪敏抱着她。他们的个头和块头一开始就搭配得那么好，所有凸凹都是七巧板似的拼合，所有的缠绕、曲与直，都是绝好的对称体。她生来是一团面，他的怀抱给了她形态。他在她十七岁、十八岁、十九岁时，渐渐把她塑成：从混沌一团的女孩，塑成一个女人。他想得远去了：北海那些夜晚。他和她的新婚洞房什么也避不开，在两个女室友的眼睛里，你看得见她们又馋又饥渴的好奇心。他们的新婚之夜在北海公园里，那年的大半个夏天，他和晚江的两件军用雨披，就是营帐。九华的生命，就在其中某个夜晚悄然形成。

“仁仁好吗？”洪敏的气息在晚江耳朵边形成字句。

他感觉到她点点头。她点头点得有些负气，认为他这句话问得不是时候。她的负气他也感觉到了。因为他在躲她。

他不能不躲，这是什么地方！

“真想看看这小丫头。”

晚江又点点头。想想不对，再摇一摇头。

女人贼头贼脑地四下望着。洪敏赶紧走出去。她马上打量一下他和阴影里的晚江，说：“不得了，戴眼镜的老头找她找疯了。”女人手指着晚江，“他先跑到女洗手间，在门口等了十多分钟。”

晚江一点力气也没有了。她麻痹地站着，任五十岁的女人给她理头发，涂口红。女人边忙碌边用眼角挤出勾结意味的笑。她又掏出一个粉盒，啰里啰唆说晚江面孔上的妆早到洪敏脸上去了。

晚江就那样站着，任人摆布。洪敏和她隔着这五十多岁的女丑角，相互看着，眼巴巴的。直到两天过后，晚江才听懂洪敏那天晚上最后一句话。他说他要去看仁仁。如果没法子，他就去她学校看她。放心，他能打听出她的学校，整个旧金山，能有多少私立女校呢？

仁仁下午上完芭蕾课，去淋浴室淋浴。晚江替她吹干头发时，突然捺熄了手里的吹风机。她的手梳着女孩微削了发梢的头发。仁仁跟所有女同学一样染了头发，但色彩很含蓄，上面略浅的几缕只强调头发的动感。晚江想，气氛是对的，适合母亲跟女儿咬咬耳朵。她说："仁仁，有个人想见见你。"

仁仁回过脸看母亲一眼。她脸上没有"谁？"她知道谁想见她。

"你爸爸想见你。"晚江想勾起女孩的好奇心，想吊起女孩的胃口，却失败了，"你不想见见你亲生父亲？他来美国两年了，一直想见你。那天他打电话，是你接的。他一听就知道是你。你一句中文都没讲，他也一下子听出你的声音了。"

仁仁说："我知道。"

"你也听出他的声音了？"

仁仁又侧过脸看她一眼。她的眼光有点嫌弃，似乎想看母亲在瞎激动什么。她这个年纪的女孩觉得性也好，爱也好，都不该有四十岁以上女人的份了。她回答得很简单，并用英文。她说她得考虑考虑，有没有必要见一个她并不记得的父亲。晚江愣住了，渐渐有了羞辱感，然后，创伤感也来了。她说一个人怎么可以不要自己的父亲。仁仁说谁说不要父亲，瀚夫瑞是父亲的典范。

晚江张一下嘴，话却没说出来。她吞回去的话很可怕：你小小年纪，不要有钱便是爹、有奶便是娘。但她马上发现，咽回去的话仁仁也懂。仁仁老三老四地说人大概不能选择母亲，但能选择父亲，父亲是晚辈的榜样，是理想。最重要的，对父亲的认同，是人格认同。她用英文讲的这些话。晚江觉得这女孩一讲英文就变得讨厌起来。

仁仁从晚江手里拿过吹风机，自己接着吹头发。她在这点上也和其他美国女孩一模一样，摆弄头发的手势非常好。

晚江一直想不出反击女儿的词句。仁仁突然停下吹风机，给母亲下马威似的来了两秒钟沉默。然后她问母亲，是否打算把这件事瞒住瀚夫瑞。晚江问：什么事？女孩可怜她似的一笑：什么事？你生活中存在着另一个男人这桩事。仁仁的样子锋利起来。晚江感觉瀚夫瑞那双看穿人间所有勾当的眼睛通过仁仁盯着她。她对着十四岁的女孩畏缩一下。

仁仁说："你们这样胡闹，总有一天要闯大祸的。瀚夫瑞总有一天会知道。"

"他知道又怎么样？"晚江大声说，恼羞成怒，面孔涨得通红。

女孩耸了耸肩。她的意思是，好了，不要背地里英勇无畏了——不怕瀚夫瑞知道？那你们干吗偷偷摸摸打电话？

晚江理屈词穷地瞪着女儿。她想她怎么落到了这一步，让这个小丫头来审判她。在没见洪敏之前，她对小丫头全是袒护。她不知道自己怎么会一股脑全不要了当初的立场，那个“揍”字在她右手心上痒痒。

仁仁说：“妈，我们走吧。”她用她惯常的语调说，还保留了最后一点奶声奶气。仁仁的眼睛里，有一种疲惫。是早熟的少年人的疲惫。这眼神往往被女孩掩饰得很好，百分之七十的时间，她是不成熟的。此刻，她疲惫地一笑。晚江觉得她读懂了女孩不便点明的话：瀚夫瑞是多疑的，他实在看了太多的人世间伎俩，他太认透人了，因而太有理由先从负面去想人。瀚夫瑞亲手办过的移民官司，绝大多数含有阴谋。那些相互榨取利益，相互利用弱点，最终要么牺牲一方，要么两败俱伤的阴谋。

## 6

星期六上午是个夏天。旧金山的夏天不是论季的，而是论天的。夏季不存在，夏天有几日是几日，在海风吹冷它之前，在雾上岸之前，有一会儿暖和或暑热，就算夏天了。人都珍惜以日计的盛夏，在太阳把温度晒上去的下午，全晾开自己的背、腹、四肢，在公共草地上躺成粉红的一片。偶然有警车“呜呜”地过去，一定哪里出现了全面晾晒自己的人，一丝不挂地过足太阳瘾。

满院玫瑰花也是赤裸裸的。玫瑰不应该这样啊，晚江心里想，玫瑰怎么成了葡萄，一嘟噜一嘟噜结得那么臃肿。

从她的视角看去，仁仁像是躺在玫瑰上。她穿一条牛仔短裤，上身的背心和裤腰衔接不上，留出两英寸宽的间隙。仁仁的肚脐眼逢这样的气候是必须见太阳的。女孩平躺在石头廊沿两英寸宽的扶手上，胸口上搁一小篮草莓和一碟炼乳。她拾起草莓的蒂，在炼乳里蘸一下，然后提起来，等炼乳滴净。在她等待炼乳一滴一滴落入碟子时，她嘴唇微启，像是等不及了。也似乎她就是要馋一馋自己，把自己当小狗小猫逗一逗，逗得馋劲实在按捺不住，嘴巴要朝草莓扑上去了，她才一松手指，让草莓落入她张开的嘴里。这个回合还不算完，手指又一次扯住草莓，把它从齿缝里扯出来，再让它悬在半尺之上，继续挑逗她自己。女孩真会跟自己玩啊。

太阳照着仁仁的身体，幼芽一样茸茸的四肢虚在光线中，随时要化进这个灿烂的下午。她咀嚼时闭上眼睛，呼吸深极了，嘴唇仔细地抿住一包浅红的果浆，太阳里看，她的嘴唇也是一种多汁的果实，快要成熟了，浆汁欲滴。一个裹了炼乳的草莓有那么好的滋味吗？在仁仁那里，它的滋味好得要命。不是纯甜的，有一丝酸和鲜果特有的生涩，使她浑身微妙地一激灵。

吃草莓的女孩。路易从仁仁身边走过，脚步放轻也放慢了。他抱着一大包烤肉用的木炭，走下石头台阶。他将炭灰从炉子里清出来，灰白的粉末飞扬着，给太阳一照便不安分起来。他再一次去看吃草莓的女孩。对别人来说，她就是那颗汁水欲滴的草莓，人们可以拿视觉来尝她。也不纯甜，带一股微酸和生涩。路易也微妙地激灵了一下。

他想起得把陈炭灰清理掉，便返身上台阶。他走近仁仁时，脚步又放慢，又放得很轻。他眼睛里的仁仁，滋味好得要命。仁仁听见他走过去，又走过来，她眨了眼朝他笑笑。路易却没有笑。

苏的两只猫不知到何处串了门，这时回来了，卧在烤肉炉附近。两只猫，却共有七条猫腿，雄的那只一条腿残了，却不耽误它跑，也不耽误它跳。

仁仁唤了一声，三脚猫跳着华尔兹蹿到她怀里。她让它卧在她胳肢窝里，长毛簇拥她的脖子和面颊。路易想：谁不想做这只猫呢？谁都想做这只奴颜婢膝的猫，给女孩一份最好的爱抚。

晚江这时拿着笤帚和簸箕走出来。她一眼看见路易。她看见他那只深棕色带绿影的眼睛那么入神。两个黑中透绿的眸子苍蝇一样叮在仁仁身上。“苍蝇”带一线细痒和潮湿，在女孩的肚脐眼周围慢慢爬动，往上爬一爬，再往下。晚江顿时悟出了什么——

在五年前路易的毕业大典上，他眼睛朝着她的那个发射：那意义含混因而意味深长的一瞥，那去除了辈分、人物关系的一瞬间。晚江顺着它理下去。她发现五年来她和路易的每一次相顾无言，每一个无言而笑，都串联起来，一路牵到此时此地。五年前他那一瞥竟是深深埋下的定时炸弹，导火索暗中牵过来，终于给点着了。仁仁是朵火花，在导火索梢头上嗞嗞燃起。她在五年前感到的危险，始终暗缩在那里，而此刻却给这火花照亮了。这个突然的、丑恶的危险。一个奓着长鬃毛、长墨绿眼睛的危险。仁仁对着它的兽脸眯眼一笑。纯粹小贱货的微笑。晚江心里一阵漆黑。她五年前收养了那只幼兽，五年里她不知不觉地在喂养它。它终于露出原形，已是膘肥体壮、生猛丑怪。这只叫作“天伦”的大兽。

晚江引火烧身地叫了一声“路易”。

路易怔了怔。魂魄回来了，他又还原成了英武的路易。“你帮帮我呀。”晚江做出拿不动那些炭灰的样子，身子斜出去，胯支得老远。这样的嗲许多年前就从仁仁身上蜕去了。

路易忙走上来，接过她手里的簸箕。手跟手相遇，热热地错过、相离。这类触摸像那些目光一样深奥，讲着它们自己的对白，成了一种只在他们之间流通的语言。这语言不可诠释，心灵与肉体却都懂得。

“你们想照相吗？”路易用中文说道。他很少说中文，仅拿中文来出洋相。他若想做活宝就说中文。而眼下他一本正经，没有一点耍猴的意思。

“我们不想照相。”仁仁把路易五音不全的中文照搬过来。

“那你们想干什么？”路易没意识到仁仁在取乐他，或意识到了也不介意。

“我们就想无聊。”仁仁又说。

晚江笑出声来，远比仁仁天真无邪。路易却很快端出相机来。他拍照比进靶场打靶还快，对准仁仁一阵猛扫。

“给我留点那个。”他不会说“草莓”。

晚江在一边说：“草莓。”

他转过相机，对准晚江。他学舌道：“草莓。”他说成一个阴平，一个阳平。

晚江通过相机对他笑。她要把火力从女儿那里吸引过来。她豁出去了，命也不要地笑着。

路易赶紧把相机挪开，看看他的继母怎么了。她看着他，意思是：怎么，这个笑还不够花痴吗？他马上又把脸藏到相机后面，一时间焦距乱七八糟。他把晚江的脸拉近，更近，近到了很放肆的地步。他身体深处有静默的呻吟。他生命的一半，是亚洲的，和这女人相同。他就把她拉到自己跟前，好好地对照那一半相同。这就是了，他身上稍深的一层肤色，稍细腻的那些肌肤，那些黑色的毛发。他的黑色毛发，便也是她的。

路易走过去，手扶了扶晚江的腰肢，说："稍微转过去一点。这样，好的。"他的左手撑贴在她的上腹部，声音沙哑。

她看他一眼。他马上抽开手，目光掉落到地上。她笑了，笑的内容暧昧而复杂。只要你不去祸害我女儿，要我什么都行。她和他之间反正有一万种不可能。而他和女孩，下一分钟就可能生出一万种可能。她故意把身体拧得过了分，给他纠正她的余地。他果然中计，手扳着她的肩、下巴。那手指上没长毛，谢天谢地。是跟她相同的那一半使他有了亚洲人光润的手。她看那手离她的胸只有两英寸。他和她突然来了个对视，两人同时知道那只手想做什么。她穿的吊带连衣裙极软极薄，下面那具肉体的所有变化都一清二楚地投射在它上面——

路易一清二楚地看见了九华和仁仁曾经吮吸过的。

路易心里一阵妒忌和羡慕。他没有吮过那些圆圆的乳头，多么不公道。那两个圆圆的突起就在咫尺，它们还在饱满，还在膨胀。

“这样行不行？”她知道他视觉的一部分逗留在她身体的哪一带。

“这样。”他的右手滑落到她腰和臀之间，左手将她右肩往后一推。

路易的气息拥住晚江。他的气息也没有变。十年前她来到这家里，他在上大学一年级。他的卧室空着，他的气息都在那里弥漫、停留。晚江记得那时路易是从来不出现的。每次寒暑假回来，他总花一半时间在睡觉，另一半时间出门，因而他和她的正面会晤，是在他的毕业大典上。路易的气息十分年轻，和十年前一模一样。晚江精通厨艺，因而她靠气息去感知一切。她感觉路易的气息在进犯她。

“你今天怎么净说中文呀？”她笑着问他。

“我有时在酒店里也说。酒店里每个月都会来一个中国代表团。”路易在相机后面说道，“我小时候，在美国人里讲中文，在中国人里讲英文。”他露在相机下面的半个面孔哈哈地笑起来。他不介意暴露自己有多么哗众取宠。

晚江看见另一只猫也投奔了仁仁。猫对气息更敏感。正如晚江能嗅出食物的咸淡，鲜美与否，猫能嗅出人的善意、慷慨。两只猫不久就把舌头伸进炼乳里去了。仁仁就与猫共餐：两条猫舌头和仁仁捏草莓的手指起落有致、秩序井然，非常文明的一个小部落。

路易站在晚江对面，思考下面一张照片的画面。他走神走得一塌糊涂。晚江得逞了，她要的就是这个。她抬起双臂挽头发，问路易是否可以来一张发型不同的。路易看她一眼，有点招架不住地笑一下。他突然看见苏的地下室窗台上有一堆橡皮筋，送报人捆广告用的。苏攒一切破烂。他取了一根紫色橡皮筋，递给晚江，要她用它固定头发。两人在此时对看一眼。

“你帮我吧。”晚江一转身，给他一个脊背，“我手脏。”

他的手指胆怯地上来了。她感到他从来没摆弄过任何女人的头发。手指头是处子，动作又笨重又无效率。星星点点的疼痛来了，晚江两手背向脑后，领他的路。

“以后给你女朋友帮忙，就会好很多。”

他的呼吸吹在她脖子上。头发下面，是一片凉飕飕的赤裸。他的手摸了一下她脖子。她不追究他是有意还是无意。给仁仁点燃的导火索暗中给转了方向，晚江看那火花一径朝自己爆来。

“我跟我女朋友吹啦。”他假装大大咧咧地说。

“哪一位女朋友？”

路易一愣，又哈哈地笑起来。头发挣脱了他的手。

“说。哪一个啊？”

“我最喜欢的那个。”

晚江自己来摆头发。两个胳肢窝亮出来，显得那样隐私，路易脸红了。她见他脸红，小腹根部一阵惊醒。路易说她这样的神色很好，保持住它。他便向后退了几步。他不能不退远些，一身都是热辣辣的欲望。晚江想，这个英俊的杂种还是纯洁的。

路易要晚江把那个姿势和神情固定住。他一直用长焦距把她往近处拉。谁也不必识破真实感觉，这些感觉是无人认领的。它们没有名分。“无名分”可真能藏污纳垢啊。而路易和仁仁，却可以有名分。那她晚江就惨了，输掉九华，还要再输掉仁仁。她最终连路易给她的这点无名分感觉都要输掉。

车库门的自动门关响了。路易和晚江同时松口气：玩感觉就玩到这里吧。瀚夫瑞回来了，带回三个圣约翰大学的校友。他们刚参加了一个校友的葬礼。这是一年之内举行的第三个圣约翰校友会葬礼。瀚夫瑞从不邀请晚江出席这类葬礼。他甚至不向她说明他的去向。她只是留心到他着装的标准：一旦他穿戴起最考究的服饰，她就知道他出席校友的葬礼去了。她也明白一个规律，葬礼后瀚夫瑞总会把外地出席者带回家来，叙叙旧，再吃一餐晚饭。

瀚夫瑞一身隆重的礼服来到后院，叫晚江准备一些酒和小菜。他说："开那瓶三十年的梅洛（Merlot）吧。"

"少喝点酒吧，天这么热。"晚江脱口说道，同时她心里问自己：我心虚什么？一柜子珍藏酒给偷喝光了跟我有什么相干？

"他们难得来，我看至少要开一瓶三十五年的勃艮第（Burgundy）。"他走进餐室。

她想，出席葬礼是有益的，让瀚夫瑞这样节制一生的人也疯一疯。"那也该是餐后喝啊。"她说，同时又是一阵不解：我操的什么心？纸迟早包不住火。

却不料瀚夫瑞同意了。他说："好吧，那就晚餐之后喝。"他把拉开的酒柜门又关上。

晚餐是露天的。后廊台上摆开一张长形折叠餐桌，晚江在台阶下面的炭烤炉上主厨，路易和仁仁轮流做服务生，端菜、上饮料。两人在台阶上相遇，总是相互损一句：走这么慢，长胖了吧？谁长胖了？你才胖呢。我给你十块钱，你去称称体重？我给你二十块，你也不敢称。

混血小子和女孩谁也不吃谁的亏，针锋相对地挑逗。每完成一个回合，两人脸上就增添一层光泽。

太阳还没落尽。阳光里，瀚夫瑞和三个老校友穿着隆重的礼服，谈着五十年前的校园生活。一个校友染的黑发黑得过分了，感觉那黑色随时要流下来。他讲起学校的戏剧俱乐部，很快老校友你一句我一句背诵起莎士比亚来。瀚夫瑞脸油光光的，忽然叫住仁仁。

“How all occasions do inform against me. 下面呢，仁仁？”

仁仁塞了满嘴的烤肉，看着老继父。他们在说什么她一句也没听见。

“她六岁的时候，这一整段都背得下来。”瀚夫瑞煽动地看着仁仁，“再提醒你一句，仁仁——And spur my dull revenge. 想起来了吧？”

仁仁垂下眼皮，下巴却还翘着。她不是记不得，而是不想配合。她也不知道这一刻的对立是怎么回事。她觉得母亲在烤炉前悬着身体，吃力地听着餐桌上的反应。

“What is a man.”染黑发的老校友进一步为仁仁提词。他的英文讲出许多小调儿来。

仁仁把嘴里的食物吞咽下去，迅速做了个白眼，又去瞪那老校友。这是她最得罪人的神气，但老校友们都是给年轻人得罪惯的。

“不记得了？”瀚夫瑞说，“《哈姆雷特》嘛！”

路易专心地切下一片肉。他不忍去看瀚夫瑞的精彩节目冷了场。

“《哈姆雷特》？”仁仁终于开口了。她看见四个老年男性的脸包围着她。母亲一动不动，连烤肉架上的肉也静默下去，不敢吱吱作响了。“If his chief good and market of his time be but to sleep and feed? A beast, no more.”仁仁背诵起来。

三个老校友听着听着，头禁不住晃起来。他们心想：莎士比亚在这小丫头嘴里，是真好听啊。她的英文多随便、自然，不像瀚夫瑞，棱角是有的，却是仔细捏出来的。三个人一齐给她鼓掌。仁仁给路易一个鬼脸。

瀚夫瑞想把得意藏起来，却没藏住，嘴一松，笑出声来。笑完他说：“小的时候念得比现在要好。再来一遍，仁仁。‘A beast, no more.’”

仁仁尽量念出瀚夫瑞的调子：“A beast, no more.”

瀚夫瑞玩味一会儿，还是不满足，要仁仁再来一遍。很快仁仁就念了六七遍。瀚夫瑞不断地说，好多了，还差一点点就完美了。仁仁孜孜不倦地再念一遍。瀚夫瑞对三个老校友说，她小的时候，每回想吃巧克力，就对他大声背诵一段，小时候仁仁背得下来几十段莎士比亚。老校友们一次一次把刮目相看的脸转向仁仁。瀚夫瑞说仁仁六岁的时候，一背

《哈姆雷特》就会皱起小眉毛，扬起小脸，背起两只小手。他喝得稍微多了一点，嗓门大很多，一滴油落在礼服前襟上。

“仁仁，来一遍。”瀚夫瑞说，“站起来呀！”

女孩看着老继父，嘴微微张开，表情中的那句话很清楚：亏你想得出来。

“来呀。”瀚夫瑞催促道。

仁仁近一步瞪着老继父：你吃错药啦？她脸上含一个恶心的微笑。老年人看惯了年轻人的这副嫌恶表情，一点也不觉得冒犯。三个老校友认为仁仁这时的样子很逗乐，让他们对瀚夫瑞油然生出一股羡慕：一个人有了如此年幼的女儿，就能沾些光自己也年轻年轻。

瀚夫瑞说：“仁仁你还记得小时候吧？是不是这样背着两只手说：‘A beast, no more.’”他转向路易，“仁仁小时候是这样吧？”

路易笑一下，不置可否。对他来说，仁仁从今年夏天才开始存在。准确地说，仁仁的存在起始于一小时前，从她躺在楼梯扶手上吃草莓的那一刻。

“你看，路易都记得。”瀚夫瑞对仁仁说。他把一块烤肉从骨头上剔下来，放到仁仁盘里。女孩真成六岁幼童了，乖乖地接受照顾。“晚江啊，肉够了，你来吃吧。”瀚夫瑞是个幸运的人，有年轻的妻子、年幼的女儿，怎样也不该把他和葬礼上悼念的亡者扯到一块儿去吧。他站起身，脚步有些蹦跳，骨头也轻巧许多。

瀚夫瑞穿过厨房，走进餐室，站在酒柜前，眼睛从一瓶酒扫向另一瓶酒。他想取一九六〇年的路易十三，又一想，不要那么夸张，给老校友们不祥的联想。他拉开玻璃柜门，手去够一瓶一九七九年的单麦芽威斯忌（Single Malt Whisky），却又一阵迟疑，这样的校友聚会有一次是一次了，下一次，今晚的四个人中，不知会少谁。想着，他满身快乐的酒意消散了。这宅子中一旦少了瀚夫瑞，剩下的人照样在暖洋洋的下午吃烧烤。他叫起来，对自己嗓音的失态和凄厉毫无察觉。“晚江！”

晚江赶来，停在餐室的玻璃门口。不必再提心吊胆了，不必去挨个给那些像模像样的空瓶掸灰了。十年了，也许更久，酒瓶们不动声色地立正，同瀚夫瑞大大地开了个玩笑。她等着瀚夫瑞手臂一挥，把所有徒有其表的昂贵谎言扫到地上。

碎的玻璃碴子四溅，所有食烤肉的人来不及吞咽，瞪大眼睛、张着油亮的手指从院子跑进来，怀一个黑暗的猜测：

不会这么快吧？刚开完上一个追悼会。他们看见倒下的并不是瀚夫瑞，全在餐厅门口站成了“稍息”。

瀚夫瑞脸色灰白，踮起脚尖去够柜子最高一层的那瓶一八六〇年的拿破仑干邑（Courvoisier）。他握了它，手像是在扼断一个脖颈。也是空的。他把那空瓶抖抖地高举过头顶。晚江想：砸吧，砸吧，砸那个祖传鸡血红花瓶，我也不拉你。瀚夫瑞却尚未做好最终打算要砸什么。晚江提一句词：“苏大概不知道这些酒的价钱。”她看见瀚夫瑞嘴唇猛一收紧，酒瓶竟对准了晚江。

晚江把仁仁往背后一掖。母兽那样龇起一嘴牙。她挑衅地盯着瀚夫瑞：来啊，朝我来，你这点力气还有吧？只要三米远，不，两米，什么就都碎了。碎了，大家也图个痛快，也爽一家伙。十年这锅温暾水，从来没开过锅，你一砸，大家不必继续泡在里面，泡得发瘟了。

瀚夫瑞又是一声咆哮：“都瞒着我。全串通一气，败这个家。”他可是够痛快，从来没说过这么人仗酒势的痛快话。

仁仁这时说：“这事跟我可不相关。”

“你闭嘴。”瀚夫瑞居然跟仁仁也反目了。

“你闭嘴。”仁仁说。所有人都惊得心也少一跳。这女孩如此顶撞瀚夫瑞，痛快是痛快，后果是别想补救了。

瀚夫瑞的脸色从灰白变成紫红，又灰白下去。他指着门口说：“你给我出去。大门在那边。”

“我知道大门在哪边。”仁仁掉头便走，一把被徐晚江拉住。

“撵就一块儿撵了吧。省得你犯法撵十四岁的孩子到大街上，你犯法犯定了。”

路易上来，一手拉一个女子。晚江劈头就是一句：“拉什么？今天味道还没尝够是吧？瞅着嫩的，吃着老的，没够了你？！”她说一个词，眼睛瞟一眼瀚夫瑞：我们母女出去了，你们父子慢慢去刑讯、招供吧。

路易没有全懂晚江的中文，瀚夫瑞的老校友却全懂了。这样的好戏很难瞧到，他们掩住内心的激动，一齐上来拉晚江，说谁家都有争吵泄火的时候，都有说过头话的时候，都当真，谁家也过不成日子。晚江看看三双满是老年斑的手，都不比瀚夫瑞的手嫩。这些老手捉住她的臂膀，又朝仁仁无瑕的臂膀伸去。她大叫一声。

人们没听清她叫了什么。连她自己也没听清她叫的什么。但人们放了她和仁仁。不必看，她感觉到瀚夫瑞在懊悔。你慢慢地悔吧。

“你们去哪里？”瀚夫瑞问。

“去合家团聚啊。”她嗔似的瞟他一眼，意思是：这还用问，我们在您肢翼下养了十年，自己的翅膀终于都硬了。

瀚夫瑞瞪着老、少两个女子。他早就料到她们会有原形毕露的一天。瀚夫瑞，瀚夫瑞，你打了一生的官司，深知移民是世上最无情无义、最卑鄙、最顽韧的东西，怎么竟如此败在他们手里？

“你好好想一下，”瀚夫瑞看着晚江，“走出去，想想怎么再回来。”

“回来？”晚江凶残而冷艳地一笑。

路易此刻已完全是父亲的敢死队了，两手抱在雄厚的胸大肌上，面容是那种危险的平静。

“回这儿来？”晚江的脚踏踏地板，碎玻璃颤动起来。她收住嘴，看人们一眼。意思是：饶了我，十年让谁在这儿享福，谁都会疯。

“你们到底要去哪里？”瀚夫瑞问。

“你还不知道呀？仁仁和九华的父亲来了。两年前就来了。”

这是最后的台词。如同许多电影中的角色一样，谁说最后这句词谁就是那场戏的强势者，就得转身扬长而去。晚江和仁仁就那么在最后台词的余音中转身，扬长而去。一步、两步、三步……“啪！”最后一个昂贵的酒瓶砸过来，砸在晚江后脑勺上……

晚江听谁在同她说话，突然从自己的幻觉中惊醒。

“你说呢，晚江？还是不喝它了，天太热，喝这些不合适。”瀚夫瑞说。

晚江人往下一泄，长吁一口气。她听他讲哪瓶酒是他哪年哪月得来，怎样一次次躲过他的馋痨校友们，心里却一阵窝囊：好不容易要出点响动了，响动又给憋了回去。晚江在刚才一瞬间臆想的那场痛快，又憋在了一如既往的日子里。没希望了，连打碎点什么的希望都没有。

“刚才叫得我以为你怎么了呢。”

“本来想开一瓶好酒。”

晚江没问，怎么又不开了。她注意到他忽然向前缩着两个肩膀。她从来没见过他这副老态。他平时只是零星呈出一些苍老的瞬间，而此刻那些闪烁无定的苍老沉落下来，完整起来。她不敢再看他，甜美温柔地告诉瀚夫瑞，她已打开了一瓶十年陈的西拉子葡萄酒（Shiraz），老哥们儿难得见面，温和的酒将使大家感觉上健康些。

晚江马上想：你不巴望“开锅”吗？你为苏那喝废了的

人担惊受怕干吗？把苏兜出去，让大家看看这儿的好生活没有吃苦耐劳为全家打粗的九华的份儿，却拿价值千金的酒养着舒舒服服做废料的苏。

但晚江嘴上说的，是要不要还老校友妻子们的礼。瀚夫瑞问送的是什么。她做个鬼脸，用英文说是三份“1414”。瀚夫瑞笑了，明白礼物不过是“意思意思”。他要晚江看着打发，不要太明显的“1414”就行。

外面凉了，仁仁和路易还在院子里磨洋工地清理桌子，扔掉免洗餐具，刮烤肉架上的焦炭。老校友们已进到客厅里，其中两人在钢琴上弹四手联奏，第三位在唱一支四十年代的歌。还是有些情调的，一种濒临灭绝的情调。不久，瀚夫瑞的声音加入了，唱起了二部。晚江把一盏盏的酒摆到托盘上，听外面一个花儿、一个少年正明着吵嘴，暗着调情；里面四位痴迷在垂死的情调中，提醒人们，他们也花儿、少年过。

晚江在托盘另一边摆了一些鱼子酱，对外面唤道：“仁仁，来帮妈妈端东西。”她感觉从这个下午开始，仁仁和路易开始不老实了。也许仁仁并不明白自己的不老实，但路易不会不明白。

电话响了。晚江一接，那边的老女人便咯咯地乐。晚江心里一阵恶心，心想女人活到这把岁数了还没活出点分量。

她无意中回头，见正唱得痴迷的老少年瀚夫瑞眼睛并没放过她。她只好用同样轻贱的声音跟老女人搭话："哎呀，我当是谁呢。"洪敏即便是耶稣，天天搂着这样的老身段，用不了多久也会堕落。洪敏的嗓音进来了，笑眯眯的："干吗呢？"

笑眯眯传到晚江这头，就有点色迷迷了。晚江说："对不起，我这会儿没空。"

"我就说两句话……"

"我这儿有客人。"

"那就一句。"

"明天吧。"

晚江的不客气让瀚夫瑞生疑了。他嘴还在动，神却走了。晚江道了再见，便随便地把电话撂回机座。接下去她一晚上都拎着心，等洪敏下一个电话打进来。每次她撂他电话，他都会设法再打。

一晚上无数电话，全是找路易的。

## 7

当她看见车里钻出来的是洪敏，立即收拢脚步，勾腰伸头地喘起来。洪敏笑嘻嘻迎上去，在她背上轻轻捶打，一面逗她说：哎呀，七老八十啦。她身子猛一拧，白他一眼，手抓住一棵细瘦的柏树，继续狂喘。一面喘，一面就四下打量，怕瀚夫瑞多个心眼子，猫在某处跟踪。

她向洪敏做了个手势，要他跟她走。树荫越来越浓，画眉叫得珠子一样圆润。

他看着她穿紧身运动服的背影。她比十年前胖了，乍看却还是姑娘家。

她从上衣领口里摸出一张对折的小纸片，说："成你的'人民银行'了。"

洪敏笑着说北京现在是"中国银行""工商银行""农业银行"，一大堆银行，唯独没了"人民银行"。

晚江打开那张纸片："喏，这叫支票，这是数目字：一万六千块。识数吧？"她揪着他耳朵，和二十年前一样，总有些亲热的小虐待才让他们密切无间。

"识数、识数。"他一贯是越虐待越舒服的样子，直到晚江笑出她十八岁的傻笑来。

"连这个数，我这银行一共支给你三万八千了。"

"三万七千五。五百块你让我买个二手计算机。"

"买了吗？"

"托人找呢。"

"一个月了，还没买？！你没拿我的钱请老女人下馆子吧？”

“她们请我，我都排不开日子。”他嬉皮笑脸，凑上来响响地在她腮帮上亲一下，留下淡淡的烟臭。

“有个计算机，九华晚上就不会看电视剧了。我让他报了计算机班。你是个什么狗屁爹？看着他送一辈子沙拉？”她再次揪他耳朵，他再次装着疼得龇牙咧嘴。

两个月前，他向她借钱，说是要买一处房，省得九华和他两头花钱租房。他和九华都没多少积蓄，只能向晚江借贷。原先他只说买个有一个卧室的公寓，后来他告诉晚江，买那些失修或遭了火灾的独立宅子更值，他和九华虽缺脑子，手脚却巧过一般人，几个月就能把废墟修成宫殿。晚江自然是希望父子俩有个像样的家，免得一家子拆得太碎。

“记着，让九华在支票背面签名，你千万别签。月底银行会把支票寄回来的，老人家看到就完蛋了。”

“老人家常常查你的钱？”

“跟你说你也不懂。”她伸手去解他外套的纽扣，把支票放在他衬衫的口袋里，发现里面有两枚一分硬币，掏出来塞进他裤兜。她的手像曾经一样当他的家，也像曾经一样轻车熟路，“就这点钱了，再不够我就得跑当铺。要不也得陪人跳舞去。”她假装咬牙切齿，眼睛从低往高地恶狠狠地瞪着他，

“丢了支票我杀了你。”

“老人家一月给你多少钱？”洪敏手抚摸着她的脖子。

“一夜三千块。”

两人一块儿咯咯乐了。晚江不愿告诉他，她的所有积蓄都是她的烹饪所得，瀚夫瑞在她生日和圣诞，会赠她一千两千做礼物。

“你以后得学着看银行账单，老指望那帮老女人，小心谁爱上你。”她拉他坐下来，头挨着头。

“早有爱上我的了。”

“‘水桶腰’还是‘三下巴’？”

“岂止两个？”

“那就是刚拉了皮的那位。”

“她们个个拉了皮。”

“个个都爱你？”

“有明有暗吧。”

晚江瞪着他，假装心碎地向后一歪。洪敏把她拉进怀里，两人又是乐，全没意识到二十年里他俩的玩闹毫无长进，趣味仍很低级。晚江知道那类事发生不了，发生了也是某老女人做剃头挑子。单为了保住饭碗，他也不会在老女人中亲疏有别，他得跟每个老女人保持绝对等距离：玩笑得开得一样火热，黄笑话得讲得一样放肆，接受她们的礼物和下馆子邀请，也得一碗水端平。

他们相依相偎，谈着二十年前的甜蜜废话，突然发现林子外太阳已很高了。雾在树叶上结成小圆水珠，他们的头发也湿成一缕一缕的。洪敏拉晚江起身，说他要赶十点的舞蹈课。她正系鞋带，给他一催，马上把系好的鞋带扯开。曾经在北海，只要他催促，她就这样捣蛋。他也像过去那样蹲下来，替她系上鞋带。

“不也是为你好吗？老人家疑心那么重。”

他哄她似的。她索性把另一只鞋也蹬下来。不知怎的她有了一种有恃无恐的感觉，似乎买房给了她某种错觉，她暗中在经营她自己的家，她真正的家正从破碎走向完整。

“好哇，拿了我的钱就不认我了。”

“快快快，凉着。这儿这么湿。”

“没我你们父子俩哪年才过上人的日子？连买房定金都付不上！”

“是是是，我们爷儿俩真他妈废物。别动！”他拾回她踢出去的鞋，替她套到脚上。

“承认是废物？”

“废物废物。”

他开车送她回家，一路碰上的都是红灯。她不断拉过他的手，看他腕子上的表。他便是笑。她问他笑什么。他不说。他是笑她嘴是硬的，怕还是怕老人家的。其实她懂得他那笑。她确实怕瀚夫瑞那洞悉勾当的目光，以及他沉默的责罚。两个月前的雨天，瀚夫瑞发现晚江长跑的目的是见九华，他的责罚是早晨再不跟晚江出门，而在晚江回到家时长长看一眼挂钟。奇怪的是，晚江反倒渐渐缩短了和九华见面的时间，时常告诉他第二天不要停车等她，也不要买豆浆。瀚夫瑞风度很好，但还是让晚江明白他在道理上占绝对上风，并且度量也大：知道你们捣鬼，我还是放手让你们去。但晚江也明白，若老律师知道等在长跑终点的是洪敏，事情就大了。

在一个红绿灯路口，她又一次看他的表。他安慰她，说表快了两分钟。她说快两分钟有屁用。她又说这是什么破车，连个钟都是坏的。他说等咱有钱了，买辆凯迪拉克。她说不好，不实用，还是雷克萨斯（Lexus）好。两人都没意识到，他们做的已是两口子的打算。

车停在两个路口外。他看她上坡，一直不回头。在拐弯处，他想她该回头了。她真的回过头，像十年前那样，在一片飞舞的床单那边朝他回过头。那时她手里拉着四岁的仁仁，就这样回过头来，看看还有没有退路。他藏在破败的美丽窗帘后面，看着没了退路的晚江进了轿车，泪水把衣服前襟都淌湿了。

## 8

来整理花园的园丁说玫瑰生着一种病。听下来，那病就是一个花胚子分裂得太快、太多，跟癌细胞的分裂有些相似。一个细胞分裂到一百多次，就成癌了，所以可以把这种多头玫瑰叫“花癌”。晚江向园丁点点头。她已走神了，在想：“花癌”倒不难听啊。下面园丁讲的“治疗方案”和费用，晚江都是半走着神听的。

最近所有人都发现晚江的神情有一点异样。有时会不着边际地来个微笑。笑多半笑在人家话讲到一半的时候。于是讲话的人就很不舒服，有点音乐的节拍打得不是点，打在半腰上的感觉。比如瀚夫瑞说：“晚江你看看仁仁的校服，她老在偷偷把裙子改短。这可不行。”他见她忽然笑一下，让他担心他脸没准碰上西红柿酱了。“哎，这张支票，是你写的？怎么写这么大一笔钱呢？他要这么多钱做什么？”他把银行的月底结算单和一张兑了现的支票推到她面前。他很想用食指在她眼前晃一晃，叫她不要走神。

她眼睛看着支票上的数目“16000”。会是个不错的家，会有两间卧室、一个餐厅、一个客厅。路易的酒店常拍卖旧家具，很便宜就能把房子打扮起来。九华和洪敏都很肯做事，细细经营，它不会太寒碜。寒碜也是一块立足之地。晚江想：我正做这样大一桩事呢。这样一想，她就笑了。所有做大事的人都像她这样与世无争，疲惫而好脾气地笑。

“他需要这么大一笔钱做什么？”支票背面，有九华的签名。

晚江渐渐悟过来。第一个反应是痛悔：她怎么不长脑子呢？她若按时查邮件，银行的文件就不会落到瀚夫瑞手里。接下来的反应是怨恨：这瀚夫瑞简直防不胜防，稍慢一点都不行，就替她做主。拆邮件也要做她的主。

“他急需用钱。”她说，样子是漫不经意的。连她自己也听出这话就是一句支吾，等于没说。还不如不说。不说不会这么可疑。“他一时周转困难，跟我挪借一下。”

“没问他做什么用？”

“他就说很快会还我。”

晚江觉得什么都被瀚夫瑞识破了。她忽然心里一阵松快：好了，这下该说清的就说清，说谎捣鬼都免了。你再逼问，我就全面摊牌。你说我伤天害理缺德丧良，就说吧。你认为我和前夫玩了一场长达十年的“仙人跳”，就算是吧。你觉得冤有头债有主得送我上法庭，就去找个法庭吧。我全认。

瀚夫瑞看见中年女人两眼闪光，不知什么让她如此神采焕发，什么事这样称她的心。他慢条斯理地说："按说我没权利过问你们之间的事。是你的钱，是你的儿子，对不对？你也很难，母亲嘛。"他自己触到了什么，眼神忽然充满了痛楚。

晚江给这话一说，鼻腔猛地一阵热。她心里说着不掉泪，不掉泪，泪还是掉下来了。瀚夫瑞怎么说也是个知书达理的人。

"你把钱给自己儿子，按说我没话可讲。我要讲的就是，苏的问题一开始就出在钱上。第一次我发现她酗酒，就是她跟我借钱。那年她比九华小一岁。"

这一听，她一下子没了泪。她使劲一吸鼻子，看定瀚夫瑞："你拿九华跟苏比？"

"借钱的人有几个不是拿钱去干蠢事的？"

"我们九华这辈子不会沾酒。"晚江说，"我们不是那个种，也没那个福。所以你放心，这辈子你别想看九华吃喝嫖赌。"她伸手将那个信封拿起，又把银行的结算单折起来。动作弄得纸张直响，什么骂不出口的，这响动中都有了。

"好吧。"瀚夫瑞看着她：十年前的她是她的原形，还是眼前的她是她的真相?“请他下月把钱还回来。”

“这是我的钱。”晚江手指重重戳在那张支票上，“他还不还是我的事！”

瀚夫瑞就像没听见，说：“下个月，他必须还上这笔钱。”

晚江给他的自信和沉稳弄得直想哈哈狂笑。她知道自己在瀚夫瑞心目中的形象一直不错，而此刻她在毁那形象。她今天连胸罩也没穿，头发也没洗没梳，一切都合起伙来，毁那姣好形象。

“钱是我的，脑筋不要不清楚。高兴了我就是烧钞票玩，你也得看我玩。”

瀚夫瑞就把目光平直地端着，看她比手画脚。十年中他和她也有过争吵，可从来不像这样暴烈，叫徐晚江的女人从来没像此刻这样彻底撕破脸过。一定有了一桩事情，瀚夫瑞苦在看不透那桩事。

“是啊，你的钱是你的。”瀚夫瑞说，“连我的钱都是你的，房子、车，也都有你一半嘛。”

晚江想：何苦呢，话说得这么帅。你其实在说，既然我的钱、我的财产是你的，你的一切也就是我的，敢动一个子儿试试。

晚江事后非常懊恼，怎么就哑口无言地把瀚夫瑞最后那句话听下来了。狠了半天，把最后那句话让对方说了去。她擦洗锅台时，路易悄悄走过来。他见炒锅洗净擦干搁在水池边，便将它放回顶柜去。动作鬼一样轻，每个细节却都有小小亮相，让你看到。他回眸笑笑，说今天的小鱼蒸蛋鲜美极了。晚江柔弱地看他一眼，明白他实际说的是什么。他实际是说：我看出你哭了，能告诉我为什么吗？她说：主要是鱼得鲜活。他也明白了她没说出来的话：别问了，问我也不会告诉你。他说：有件事我偷偷地进行了，本来想成功了再告诉你。她却听懂了他的怜香惜玉，他的善解人意。她同时也懂得，他的情愫甜美是甜美的，却不顶什么用。不顶用，就不如不去懂它了。她笑笑说：是吗？他说：我们酒店要举行“美食美酒节”，我推荐了你。她说：谢谢。

她斜出身体去够角落的一只碗，忽然“哎哟”一声。路易问她怎么了。她皱眉笑道：老了。他问：是背痛吗？她左手去捶右面的背，他说：别动别动。他的手上来，挤开她的手，问她：是不是这儿？她说：是的。他说：很好办。他的手指一用力，她不自禁地呻吟一声。

他又动几下，问她是不是好一点。他说他按摩是有两下子的。他请她到起居室去，到长沙发上趴下来。

这绝对是不成话的，她一面想着，一面自己搓揉着腰，脚步拖拉，尽量延长走向起居室的时间，指望自己急中生智想出什么借口来谢绝他。他一脸一身都是好意，看上去真的像是无邪的。路过餐室，见瀚夫瑞和仁仁在谈什么。地下室传来苏为鹦鹉卡美哈米亚放的语言教学录音。“Good morning, good morning.”到起居室门口了，她把灯捻到最亮。路易马上又把它调暗，说幽暗光线使人放松。他指着长沙发要她伏卧。她想：好了，这下真没体统了。仁仁不知为什么大笑起来，远远看她的侧影，她头发垂散在椅背之外，椅子向后仰去，危险地支在两个后腿上。晚江突然瞄一眼路易，发现他也在看仁仁，眼巴巴的，似乎对这么个青春欲滴的女孩，他只能望梅止渴。

晚江果决地往长沙发上一趴，说：“来吧。”

路易一醒，掉回头，来看女孩的母亲，女孩的出处和起源。“我手可能会重一些，受不了就告诉我。”他说。

她点点头，展开身体，脸贴在沙发坐垫上。沙发的熟皮革贴在皮肤上，有体温似的。路易单腿跪在沙发边，手在探问痛处。位置对的，她点头。他手下得不轻不重，是把伺候女人的好手。他手下的这具女体是熟皮革了，带一股熟熟的气息。

路易跪在沙发旁，搓着她揉着她，每一记都让她无声地呻吟一下。他全神贯注于她了。她身体还残余些青春，跟仁仁虽不能比，但也说得过去。路易是个实惠人，不会老在那儿望梅止渴。他问她舒服吗，她说不错，路易你够专业的。

一万种不可能使她和他十分安全。发生的只是肌肤和肌肤的事。肌肤偷着求欢，他们怎么办呢？肌肤是不够高贵、缺乏廉耻的，它们偷了空就要揩油。肌肤揩了瀚夫瑞的油，是怪不着他们的。

晚江闭上眼，让肌肤展开自己。她听见自己的呼吸，也听见路易的呼吸；他的呼，便是她的吸。

路易的体温进入了晚江。十年前她在他空荡荡的卧室就嗅到过他。冰冷的天伦隔不开体温，你总不能来管体温与体温厮磨吧？

晚江感觉到她的雌性健康都被路易嗅去了。瀚夫瑞，看看你儿子对你干下了什么！

瀚夫瑞朝起居室里瞄一眼，这幅家庭和睦的画面没任何破绽。只要心灵不认账，什么都好说。

## 9

晚江跑到目的地，看见九华正在启动车子。她加快脚步追上去，问他这么早急什么。九华便熄了引擎，打开音乐。

晚江早就留心到，九华和仁仁虽然很少沟通，但某些东西暗中是同步的：都爱听亚洲歌星俗里俗气的歌。

她问房子买下来没有。九华“嗯”一声。她说能住先凑合住，搬进去之后，再慢慢修。九华又“嗯”一声。她说气味可以请清洁公司去除一除，清除老房子的气味，有两三百块钱就够了。她问：你跟你爸，一两百块钱凑得出来吧？她说窗帘先别买，等她去看了房子由她来配。九华犹豫一下，又来个“嗯”。

她说，想出个招她从瀚夫瑞那里脱出身来，一定去看看那房。九华不“嗯”了。她看他一眼，觉得他今天苗头有点不对。她问他是不是有什么左右为难的事。果然他说洪敏要他再向她借一万块钱。顿一会儿，她说：“你爸在搞什么鬼？”

他飞快看母亲一眼，说：“爸让我告诉你，别急。买房置地不能急。”“买房置地”九华不会说，是照搬洪敏的。

“你爸把钱拿去赌了还是嫖了？”

“没，没有。”九华身体猛一躲，烦他母亲似的，“瞧你这点素质。”九华在华人的圈子里混长了，口气老三老四的，“我爸说借你的钱年底就还上。”

“他到底拿我的钱干吗去了？！”

"你那点钱哪儿够买房？得先拿那钱投资。"九华启蒙似的对母亲说。

"投什么资？"

"投资你都不懂？"

"你爸串通了你来骗我的吧？你跟我说实话！"

九华身体直躲母亲，而母亲一路直逼，非追杀出实情来不可。

"我爸说投资收回钱来，买个好房，给你装个大浴池。"

"那你告诉我，他投资投的是什么玩意。"

九华说了半天，晚江还是听不明白洪敏的"投资"是怎么回事。说是老女人之一介绍了大家去一家投资公司投资，说是投资公司不是你想投就投的，要凭关系，走内线，没内线的，你想投也投不进去。晚江朝九华眨巴着眼睛，她明白九华也不懂他自己在说什么。投资这类词属于瀚夫瑞、路易，以后还有仁仁。投资给九华一讲，就很古怪，很滑稽。九华见母亲一脸迷糊，嘴巴一咂，把脸朝外一扭，意思是：你是没希望了，我都说得累死了，你还明白不了。"这么告诉你吧：你投一百块钱，一年之后，一百就变了两百。我要有钱，也凑一份。"

晚江似乎明白了：钱赚钱比人赚钱省事也快当，就得有机会。现在老女人们把机会找来了，给了洪敏。原来洪敏并没有白陪老女人们混。大好的投资良机，若是没人里应外合帮你，门也没有。美国的确遍地良机，但两眼一抹黑你很可能把机会踩个稀烂一路蹚过去。圆乎乎的老女人们等于一群灯笼，把黑暗中闪光的机会照给了洪敏。

快半夜的时候，晚江听见车库门响。路易回来了。她装着口渴，下楼到厨房倒了杯水。这样就成了一场巧遇。路易抬头，晚江也是个不期然地抬头。晚江说：真巧啊，我有句话要问你。路易如遭五雷轰顶，笑了一下。到了女人胆子大的时候，男人就吓死了。路易拐进门厅的洗手间，立刻从里面传出漱口的声音。再出来，路易口腔清凉芬芳，喘息都带留兰香的淡淡绿色。他在以防万一。美国可是遍地艳遇，一个不留神就碰上接吻。

路易这样就放心了，可以谈一口好闻的话，万一接吻，也是清香的吻。晚江跟他隔一条窄窄的吧台，坐在厨房里。晚江说：路易，你不错啊，真把我的背揉得见好，谢谢了。

路易说：哪里，我也是瞎揉的。很高兴你见好了。

晚江说：你倒会心疼别人。这些家务活，看着不起眼，一天也要做七八个钟头呢。

他立刻说：可不是嘛。我自己是做酒店的，其实酒店就是放大的家，做的也就是放大的家务。有没有想过雇个钟点工？

她说：想过的。用了钟点工，省下我这么个大活人，又去做什么呢？

路易说：那还用愁？可做的太多了。比如，你可以省些精力烧菜。

烧菜不就跟玩似的？我可以闭着眼烧。

路易说：给你出个好主意，写一本有关中国菜的书。保证赚钱！

路易笑起来，打出的哈哈果然很好闻。

顺理成章地，晚江把话转到了金融投机上。

路易不知道她满嘴的英文词汇全是刚从字典里查到，在唇齿间热炒出来的。两人谈得火热深入，谈到了下半夜。连瀚夫瑞一觉醒来，起身来看，两人都不受打扰地继续谈。他们只对瀚夫瑞扬扬手，“Hi”了一声，又埋头谈下去。瀚夫瑞倒了杯冰矿泉水，拿出几块无糖蛋糕，心想：这下好了，晚江这样灵，不久就该够格做路易的清谈客了。路易的清谈包括投资、球赛、美酒。谁想跟路易谈得拢，就跟他谈这三样。这三样永远可以谈下去，永远没有把关系谈近的危险。

瀚夫瑞把蛋糕搁在他俩中间，他们看也不看便拈了一块吃起来。瀚夫瑞说：打搅一下，要不要来点酒？晚江一听便明白，瀚夫瑞是要她上楼去。路易伸了个大懒腰，兴头尽了。

那夜晚江一夜无眠。她得忙起来，替洪敏凑钱。半年后这钱便是一栋体面、温馨的房，院里栽郁金香和栀子花，门前一棵日本枫树，楼上一个按摩浴池，窗帘要奶白色。可是钱呢？哪里再能弄到一万块？她突然想到那只钻戒和貂皮大衣，又想到瀚夫瑞以她的名义买的债券，是仁仁将来进法学院的投资。她从没认真想过钱。在一个样样丰富，又事事不当家的家里，钱对晚江，有没有无所谓。这么多年来，荣华富贵耗去了晚江对于钱的所有热情。她的荣华富贵是被动的、无奈的，她被置于其中，一切建设、设计都不需她的参与。这一夜，辗转反侧的晚江头一次觉得自己竟也爱钱。赚钱原来是很有味道的，一个小钱一个小钱地去赚、去抠、去攒，原来有这样美的滋味。因为钱的那头是一座房，那房里洪敏和九华将吃她做的百叶红烧肉、清蒸狮子头、八宝炒面，他们不会爱吃她给瀚夫瑞、路易、仁仁做的这些健康、高雅的菜。那房子一定和这房子不能比，一定简陋得多。而正是它的不完美才给她的建设以充分空间。正是那长久的建设过程，才给她美好的滋味，是眼下荣华富贵败掉的好滋味。

她有了一项娱乐：看免费的售房广告。坐在厨房吧台上，看着一座座老旧的或崭新的房屋，设想她在里面的一番大作为，真是美味无穷。

## 10

得到消息时，晚江正在翻看她的小保险柜里的最后老本，珠宝和债券。她已跟她的一位女客户暗地商量好，怎样把它们“走私”出去。电话是洪敏打来的，接电话的恰是瀚夫瑞。瀚夫瑞像以往一样温和多礼地盘问，洪敏耐不住了，打断盘问便说：“你也甭问我是谁了，这儿都要出人命了——就告诉一声他母亲，九华出车祸了，现在正在医院抢救。”

瀚夫瑞想：这个人好无礼，“再见”总可以说一声吧？“再见”居然都不说的无礼之人。他起身拉过厚实的起居袍，看一眼桌头的小闹钟：6:50。他想起刚才打电话的人又一个缺陷，冒冒失失来告急，竟把最重要的事忽略了：他怎么不讲清医院地址呢？他上了楼，发现晚江在储衣室里。没门可敲，他敲了两记柜子，问道：“对不起，可以打搅一下吗？”

晚江做了个“请讲”的表情。瀚夫瑞觉得她刚藏了个什么。他说：“九华出了一点事情。”

晚江问：“什么事情？！”她一手撑在腰上，手心里是她所有的家当。瀚夫瑞淡化情绪一向淡化得很好，因此听完他冷静、简明的转达后，晚江并没有溃不成军。她立刻接受了瀚夫瑞的行动步骤：首先请警方帮着弄清今早出的交通事故中，那个中国受伤者进了哪儿。

## 11

从医院分手，洪敏再见到仁仁，是两个月后了。这天瀚夫瑞打高尔夫，晚江把洪敏约到一个中餐馆里饮午茶。仁仁是问一句答一句，只在洪敏不看她时，她才狠狠偷瞅他一眼。并不是瞅他的面孔，她时而瞅一眼他被烟熏黄的手指，时而瞅一眼他脖子上颇粗的黄金项链。瞅得最多的，是他的头发。那完全和九华一模一样的头发上了过多廉价发胶。洪敏总是和她讲那几句话："仁仁还记得吧？那次在西单商场，爸把你给丢了。""仁仁还记得吧？"

女孩当然是什么也不记得的。

后来晚江发现瀚夫瑞打高尔夫球，日子是早早就定了的。只要在卧室的挂历上留一留神，就能发现他圈下的下一个高尔夫日。

这天他们的见面地点是个快餐店。洪敏忽然说："仁仁头发好好的，干吗染啊？"

仁仁耸耸肩。

“你那些同学，有的打扮得跟妓女似的。”洪敏说。

仁仁又耸耸肩。晚江见洪敏脸上是一副逗乐表情，问道：“你怎么知道？”

仁仁先悟出来了：“好哇——”她指着洪敏，“你这个暗探。一共到我们学校来了几次？”

“上课玩了一节课的手机。”他转向晚江，“她跟另外几个同学在课堂上用手机胡聊。”

两人还是一副开玩笑的样子，但晚江看出他们心里都有些恼。她没想到洪敏会到学校去，藏在某一片阴影里，看仁仁动、静、跑、跳，在课堂上做白日梦，在课间挤在自动售货机前买零食，和女生一块儿作弄某个男生，发出不堪入耳的鬼叫。他看到了最真实、私密的仁仁。

“你简直是搞恐怖活动。”

“仁仁不许这样说话。”晚江转向洪敏，“你像话吗？”

洪敏脸红起来：“怎么啦？正常的父亲做不成，还不能偷着看看？”

仁仁声音尖厉起来：“你这个 creep（美俚语对变态的下流偷窥者的称呼）！”

“仁仁。”晚江说。

“她刚才说我什么？”洪敏问。

仁仁说："说你creep。""什么叫'creep'？"洪敏看看仁仁。他已是借逗她玩的样子来掩饰真实恼怒了。

仁仁连掩饰也不要了，眼里有了一层薄薄的泪。她用英文对晚江说："他为什么要对我这样？！他侵犯我的权利！"

晚江对洪敏说："以后别去她学校了。"

洪敏还想保持长辈的尊严，还想把笑容撑下去，但显得有些厚颜无耻了："要不是偷偷去看你，我怎么知道你挨他训呢？板着个老脸，训仁仁跟训孙子似的！"

晚江意识到他在讲瀚夫瑞。她息事宁人地说："不会吧，他从来不板着脸训仁仁。"

"噢，花了钱，送仁仁上贵族学校，就有资格训我们呀？"洪敏把一个肩使劲往后拧，像他打架被人拉住了。

仁仁惊讶得张开嘴，露出矫正后的完美白牙。她用英文说道："简直让我不敢相信。"

"人家花了钱，就有资格说：'仁仁穿短裙子难看死了。'"

晚江想起来了，那次仁仁在校服裙的长度上搞了鬼，被瀚夫瑞看穿了。

"瀚夫瑞没说难看死了，他说不太合适。"

"怎么难看死了？仁仁两条腿不穿短裙，天底下就没人该穿短裙。”

仁仁哑口无言地看着面孔血红的洪敏。他的样子是受了奇耻大辱，她恰恰感到受辱的是自己。

晚江仍想把早先父女俩调侃的气氛找回来。她为瀚夫瑞做了些解释，说他老派是老派一些，恶意是没有的，对仁仁的栽培，也花了心血。

“要我，掉头就走。训谁呀？”

晚江要他别误会。

“训完了，还上去搂他，还左边亲一下，右边亲一下。那老脸也配！”

“没有！”仁仁突然说道，脸也是通红通红。

“怎么没有？我看你亲他的。”洪敏说。

“我从来不会左边一下、右边一下。”仁仁说。

“我明明看见的。”

“我从来不会！”

晚江觉得圆场的希望已经没有了。仁仁此刻改用英文说：“简直有毛病，不可理喻。”

洪敏问晚江：“她在嘀咕什么？”

晚江说：“好了好了，大家闭嘴歇一会儿。”

仁仁又用英文来一句：“不能相信竟有人干出这种偷窥的

事来，还要歪曲真相。”

洪敏又问晚江：“仁仁在说什么？”他已经在威逼了。

晚江说：“行了行了，吃饭吃饭。”

仁仁说：“哪有这么不民主的？歪曲了事实还不准我争辩？”

洪敏被仁仁的英文关闭在外面，不仅恼怒，并且感到受了欺辱。他看着母女俩用英文一来一往地争论，仁仁连手势带神色都是美国式的。她滔滔不绝的英文简直太欺负人了。他插不上一句话，只是一次又一次地想，当时他为两个孩子和晚江牺牲了自己，就该得这样的报应？

等母女俩终于停下来，他说：“当心点，他老人家再敢训我女儿，我看着不管我是丫头养的。”

仁仁问晚江：“什么叫‘丫头养的’？”

没等晚江开口，洪敏大声说：“就是‘王八蛋’。”

“王八蛋”仁仁是懂的。她眼珠子猛往上一翻，用英文说：“真恶心。”

洪敏说：“我知道你说了我什么。”

仁仁说：“我说了你什么？”

“你个小丫头，以为我真不懂英文？”他强作笑脸，不愿跟女儿不欢而散，“你说我真恶心。”

仁仁马上去看晚江。晚江心疼地看一眼洪敏。再等一等，等买下房，暗地里把东离西散了十年的一个家再拉扯起来，父女俩就不会像眼下这样了。

## 12

这天瀚夫瑞问晚江，九华借去的钱是否还她了。她说：嗯，还了。过了一会儿，瀚夫瑞说：不对吧，我刚才打电话去银行了，你账上没什么钱啊。她说：哎呀，你放心吧，九华不是才出车祸吗？过一阵一定还上。触及此类话题，气氛往往紧张，而现在气氛却轻松而家常，她的态度不认真：这点钱也值得你认真？几个月过去了，瀚夫瑞又问起来，晚江淡淡一笑，说她拿那笔钱投资了。

"哦。投的什么资？"

晚江飞快看他一眼，他并没有拉开架势教训她。他的神态除了关切，还有点好玩。你徐晚江也投资？这世道在开玩笑了。她把洪敏从老女人那儿学来的话，讲给瀚夫瑞听。瀚夫瑞听是好好听的，听完哈哈地笑起来。他很少这样放肆地笑，连仁仁也停止了咀嚼，看着他。

"我只告诉你一句话：随便谁，跑来对你说他保证你百分之五十的回报，你理都不要理他，掉头走开。"瀚夫瑞说。

晚江心里想：我还没赚多少呢，这儿就有人妒忌得脸也绿了。仁仁欠起屁股，筷子伸到了桌子对面，去夹一块芋头咸蛋酥。失败几次，终于夹起，中途又落进汤碗。

“仁仁，忘了什么了？”瀚夫瑞说。

仁仁马上咕哝一声“对不起”，然后说：“把那个递给我。”

“说‘请把它递给我’。”

仁仁说：“我说‘请’了呀。”

“你没有说。”

“妈我刚才说‘请’了，对吧？”

晚江说：“我哪儿听见你们在说什么。”

仁仁嘴里“哧”的一声，一个“有理讲不清”的冷笑，然后说：“你耳背呀？”她把脸凑近母亲。

“哎，仁仁，什么话？”瀚夫瑞皱眉道。

“她教我的话呀。”仁仁以筷子屁股点点晚江，“我小的时候，她动不动就说，你耳背呀。喂饭给耳朵喂点，别饿着耳朵！”

“好了。”瀚夫瑞打断女孩。声音不高，却让所有人讨了很大的无趣。大家静下来，瀚夫瑞说：“仁仁再来一点汤吗？”

女孩抬头看老继父一眼："不要了，我快撑死了！"

"怎么又忘了呢？说不要了，后面该说什么？"老继父问道。

"说耳背呀！"

"仁仁！"老继父抹下脸来。

仁仁却咯咯直乐。

晚江叫起来："唉，别把饭粒给我掉地上。回头害人家一踩踩一脚，再给我踩到地毯上去。说你呢，小姑奶奶。种饭还是吃饭啊？！"

仁仁说："妈你一涂这种口红就变得特别凶恶。"

"少废话！"晚江说，"又不是涂给你看的。"她下巴一伸，用力嚼动，存心强调嘴上的口红。

"那我和瀚夫瑞也不能闭上眼睛吃饭。"女孩转向老继父，"瀚夫瑞你也不好好劝劝她，让她别涂那种口红！"

晚江说："那你就闭上眼吧！"

瀚夫瑞不断摇头。他不懂她们这样忽然的粗俗是怎么回事。他更不懂的是仁仁可以在一瞬间退化，他对她十多年的教养会幻灭般消失。有时他觉得仁仁是个谜。近十五岁的女孩多半时间是他的理想和应声虫，却在偶尔之中，你怀疑她其实是另一回事。她其实一直在逗你玩。你一阵毛骨悚然：

这个女孩其实在逗一切人玩，只不过她自己不知道，她不是存心的。就像她此刻，闭上眼用筷子去扎盘子里滚圆的芋头咸蛋酥：“好，让闭眼咱就闭眼。”

“少给我胡闹！”

“你把口红擦了，我就不胡闹了。”

“你以为你是谁？小丫头片子！”

“唉，可以啦。”瀚夫瑞脸已经抹到底了。他很奇怪，她们最近讲话怎么出来了一股侉味。他辨认出来了，那侉味是她们十年前的。是他十年里一直在抹杀的。

瀚夫瑞讨厌任何原生土著的东西。像所有生长在殖民地的人一样，他对一切纯粹的乡土产物很轻蔑；任何纯正的乡语或民歌，任何正宗的民俗风情，在他看来就是低劣，是野蛮。没有受过舶来文化所化的东西，对瀚夫瑞来说都上不得台面。因而晚江和仁仁居然在台面上讲这样地道的中国侉话，实在令他痛心。他想弄清，究竟是什么样的影响暗中进入了他的领地。

“真让人纳闷，妈，你干吗非把自个儿弄成个大盆血口？”

“是血盆大口！”晚江想憋没憋住，敞开来咯咯笑。

“不对吧？大盆血口听着更对头哇。瀚夫瑞，你说咱俩谁是错的？”

瀚夫瑞忍无可忍，用筷子脆脆地敲了几下桌沿。

“听着，”他改口说英文，气氛中的活跃立即消失，“仁仁，我们刚才在说什么？”

仁仁用汤匙舀大半勺汤，无声息地送到嘴里，全面恢复成了一个闺秀。瀚夫瑞突然想起，曾打电话来报告九华受伤的男人，就说一口侉话。

“你说‘不要汤了’。下面呢？”

“不要汤了，谢谢。”

“很好。请给我递一下胡椒。”瀚夫瑞对晚江说。

晚江把最后一个芋头咸蛋酥夹到仁仁小盘里。仁仁说：“谢谢，不过我吃不下了。”

瀚夫瑞说：“你还可以说：这样菜你做得太精彩了！我刚才已经用了很多，我真希望我能再多吃一口，可惜力不从心。”

他话音未落，仁仁已把他的话重复了一遍，字正腔圆，有板有眼。

晚江笑笑，说：“仁仁快成‘卡美哈米亚’了。”

瀚夫瑞看着妻子，等待她解释。

“卡美哈米亚是苏的鹦鹉。”仁仁说。

晚餐斯文地进行下去。瀚夫瑞看看晚江，说：菜做得真好，谢谢你。晚江说：别客气，你喜欢就好。她笑得醉迷迷的，他却觉得她不是在和他笑，也不想他来打搅她的笑。他想这母女俩在玩什么花招，是偷着用他的信用卡花掉了一大笔钱，还是又把家里废弃的家具或电器走私到九华那里去了，还是帮着苏隐瞒了一桩劣迹。

这时听见后门轻轻一声。是苏。很快听见她的脚步伴随酒瓶相击的声音往地下室走去。瀚夫瑞叫了一声："是你吗，苏？"酒瓶和脚步一下子全停了。瀚夫瑞又问道："能请你过来一下吗？"

"这就来。"

脚步过来了，酒瓶却没有。她当然是把它们留在门外了。

苏出现在门口，一扬小巴掌，对每个人晃晃："Hi."她的样子给人她心情不错的错觉。在美国人人都会做这个"心情不错"的动作。

"好久没看见你了，苏。"

"可不。"

苏不像一般美国女人，麻木地和任何人拥抱。她从来不主动拥抱瀚夫瑞。

"你过得好不好？"

"还好，谢谢。"

瀚夫瑞想：不刺穿你了，连遛狗员的差事都常常误。苏和瀚夫瑞平心静气地问答，眼睛却打量着晚江和仁仁，她不相信瀚夫瑞好端端地会对她嘘寒问暖，多半谁又告诉了他什么。她眼睛飞快向酒柜瞟一下，心里“轰”地爆炸了：那高层的几个瓶子好像给动过了。肯定给动过了。她后悔自己的大意，哪怕兑些水进去也好啊。晚江免不了四处揩揩抹抹，发现几万元的酒给人偷喝是迟早的事。她一走，就把这个秘密叛卖给了瀚夫瑞。

“我们家最近发生的事，你都知道吗？”

你看，来了。苏摇摇头，十多年来壮起的酒胆一下子都没了。

“发生了几件大事。第一，路易要当今年‘美食美酒节’的司仪。第二，仁仁通过了考试，要在下一个圣诞的《胡桃夹子》里跳群舞。第三,九华出了车祸，不过现在已经康复了。”

苏嘴里深深叹一声：“真抱歉。”其实她是庆幸。幸亏还有个九华，不然她和仁仁、路易并列，对比多么惨烈。她等着瀚夫瑞说下去。几十个酒瓶在她眼前晃起来，十几年的酒意一下子涌上了头。

“还没吃晚饭吧？”

苏听瀚夫瑞这样问道。她不知道说了什么，见晚江起身拿了一副干净碗筷。仁仁起身告辞，说：苏，少陪了。直到仁仁的钢琴声在客厅响起来，苏才发现自己独自一人坐在餐室。她觉得自己累垮了，刚才那一点家庭生活消耗了她那么多。不由得，苏同情起这家里的所有成员来，他们每天都得这么累。她想到世间的所有人，都一样要无话找话地交谈，要无动于衷地微笑，要毫无道理地拥抱、握手，说："我很好。谢谢。你呢？""我也很好。"甭管她和他如何地满心地狱。苏同情他们。苏从不累自己。她眼下只操心上哪儿弄笔钱，买些劣酒，灌到那些空酒瓶里去。

## 13

大老远就看见那一大截白脖套。据说九华得戴它戴一年。晚江慢下脚步，甩一下额头上的汗珠，说："你怎么跑这儿来了？"伤好后的九华又高了两厘米。

九华今天没在原处等她，迎出来至少一里路。

"爸让我给你这个。"他把一封信递给她。

十多年没看洪敏的字迹了，比她印象中的还丑，还粗大。晚江还是心颤的，想到这些粗大丑陋的字迹第一次出现在她眼前的情景。那年她十七岁。她从来没有纳闷过，这个形象如雕塑般俊美的男人怎么会有如此不堪入目的手笔。信里讲到他急需一笔钱，否则前面投入的钱就等于白投。

“怎么白投了呢？”她问九华。

“好像叫‘Margin call’，就是让赶紧补钱进去。”九华说，“补了钱进去，赶明儿得好几倍的钱。”

“你爸这么说的？”

“啊。”

“不补就等于白投了？”

“那可不。”

“那要是没钱补呢？”

晚江瞪着九华。九华往后闪着身，意思是说：我瞪谁去？

她要九华把她带到一个公园，找了部公用电话，一拨通号码，她就说：“咱们认倒霉，就算白投了！”

洪敏那边还睡得很深。夜总会上班的人不久前才吃的夜宵。半天他听出是晚江的声音，问道：“你在哪儿呢？”

“没钱了！大衣、钻石全投进去了，还拿什么补钱啊？”

洪敏叫她冷静，别急。又问她站的地方暖不暖和，别着凉。晚江这边听他沉默下来，明白他在拿烟、找火，又打着火，点上烟，长长吸一口，又长长吐出来。

"投资你不能一点风险都经不住。"他说。

"他们不是担保没风险吗？"

"是啊，他们是担保了。可现在风险来了，你顶着，再坚持一把，就赢了。"

"没钱你拿什么坚持？"

"这么多年，你没存钱？"

晚江觉得给洪敏看破真情似的一阵难堪：我洪敏牺牲也罢了，可也没给你晚江换回什么呀。晚江你委曲求全、忍辱负重，时不时还要伺候伺候那老身子骨，也太不值啊。

"我存钱有什么意思？"她说。她想说：我活着又有多大意思？

洪敏不吱声了。他完全听见了她没说的那句话。过了几口烟的时间，他说："那你看怎么办？"

"就认了呗。谁让你信那些骗子！"

"可我认识的人全靠这样投资发起来的。有些人九华也认识，不信你问九华。"

"就算咱们运气坏。"

"那房子呢？"

晚江马上静下来。是啊，她刚刚知道有钱多么有意思，在入睡前和醒来后假想家具的样式、庭院的风格、餐具的品位。她听见洪敏起身，走了几步，倒了杯水。洪敏也听见她在原地踱步：向左走三步，转身，再向右。

“那还需要补多少钱？”

“有三万就行。”

“马上就要？”

“尽快吧。”他不放心起来，“是不是跟谁借？”

“你放心，美国没人借钱给你。”

她挂了电话想，在跑步回家的半小时里，她得想出一个方案：怎样取出瀚夫瑞为仁仁买的教育债券去兑现，怎样从瀚夫瑞鹰一样的眼睛下通过，在最短时间内完成这桩事。

早餐后晚江安排的一场戏开演了。先是瀚夫瑞接到一个电话，说自己是吴太太，半年前约了刘太太去给她和一帮太太讲烹调课的事，刘太太是否还记得。瀚夫瑞把电话交给晚江，听她一连声说“Sorry”，最后说：“那好吧，我随便讲讲。”她挂了电话自言自语地翻日历：“糟糕，我当时怎么没记下日期呢？”瀚夫瑞问她是否需要他开车送她去，她说：“不用了，吴太太开车来接我，大概已经到门口了。”两分钟后，门铃果然响了。进来的是小巧玲珑的吴太太和大马猴似的王太太。趁晚江还在楼上换衣服，瀚夫瑞盘问了两个给拉皮术拉成相同笑面人的太太。来不及发现什么破绽了，晚江已一溜小风地从楼梯上下来，给两个太太裹挟而去。

由于事情来得突然，瀚夫瑞来不及拿到吴太太的电话和住址。于是在晚江来美国后的十来年里，她的行动头一次出现了长达四小时的盲区。瀚夫瑞想：好了，到此为止，事情绝不能就此失控。他知道人们把这盲区当作自由，一旦赋予它如此神圣的名义，人们就要不择手段地来扩充它、延长它、捍卫它。他做了几十年的律师，深知人是不能在自由盲区中好好做人的。

晚江下午一点钟回来，发现瀚夫瑞没有上楼去打盹。他问了问她示范的菜肴，原料是哪里采买的，效果理想不理想；太太们的基本功如何，比如刀功。晚江温婉自在，回答得滴水不漏。他心里冷笑，明明听出我在盘审，她却一点抗议的小脾气也不闹，如此乖巧，如此配合，显然把一件预谋好的蠢事完成了。

第二天早晨，瀚夫瑞居然跟着晚江长跑了。他跟不上，就叫晚江停下，等一等他。跑不了远程，他要晚江陪他一同半途折回。晚江看汗水湿透了他整个前胸后背，心里既怜悯又嫌弃。她想：你跑吧，看你能逞几天的强。一个星期下来，瀚夫瑞竟跟上她了。多么伟大的、奇迹般的疑心。

晚江从此连那半小时的独立与自由也失去了。她渐渐虚弱下来，长跑一天比一天显得路途遥远，不胜其累。那个“一九〇”又遇上她，见她和一个老男人肩并肩，跑得稀松无比，惊愕地挑起眉毛。等“一九〇”跑回程时，又偷偷对晚江使了个眼色。他过去常见晚江和九华“约会”，现在又见她和老头儿长跑，明白啦。“一九〇”感叹：丑恶的故事是时常发生的。那对女同性恋也从晚江和瀚夫瑞身上得到启示：看看他们这个荒诞的男婚女嫁的世界吧。

这期间晚江接到洪敏一个电话，叫她甭管了，一切都安排好了。她说：什么叫“甭管了”？

“就是叫你别操心。”

“我能不操心吗？老人家分分钟都会发现。”

“肯定在发现前钱能回来。你别操这个心。”

“万一要查起那些债券……”

“钱说话就能回来。”

晚江给洪敏说定了心，便又回到他们日常的甜蜜废话中去了。这时她在客厅里，借着监督仁仁弹钢琴而摆脱了瀚夫瑞。洪敏说他真幸福，听女儿弹琴又听老婆说悄悄话。晚江身体一扭，说“谁是你老婆”。

回到起居室，九点了。瀚夫瑞从楼上下来，身上一股香气。只要他在上床前涂香水，晚江就知道下面该发生什么了。

这种“发生”并不频繁，一两个月一次，因此她没有道理抗拒。

昏暗中晚江暗自奇怪，她身体居然打开得很好，也是身体自己动作起来的。她惊讶这欲望的强烈：它从哪里来的？它从无数其他场合与对象那里吊起胃口，却在这里狠狠地满足。它从刚才和洪敏的通话中吊起胃口，也从上楼前跟路易的一瞥目光邂逅中吊起了胃口。它此刻在满足那永远不可能被满足的，它那所有无奈的、莫名的、罪过的胃口。

## 14

路易穿黑色礼服显得很清俊。他那一团火似的热情也成了一种淡淡的冷调子。总之晚江给他的另一副形象弄糊涂了，不知该怎样同他谈话、微笑才得当。她的菜上场后，路易很快来到厨房，恭贺她的成功。他要她穿上礼服，参加最后七位厨师的谢幕。

“我头发一塌糊涂吧？”他问她。

她说：“正相反，很帅气。”

“那你这么瞅我，我以为我做了一晚上的小丑呢。”

“你怎么那么不像你了？”

他笑起来，说：“我上班就这样啊。”

她心里突然一阵悲哀：洪敏要能这样上班就好了。

谢幕时路易一一把厨师请到台前，接受大家的掌声。晚江是唯一一位女厨师，路易便一手搀着她，如同搀《天鹅湖》中的女主角那样优美高雅地将她搀到人前。她向四面鞠躬，路易眼睛闪闪地看着她，王子一般充满胜利的骄傲。

仁仁上来献花时，她才看清老王子瀚夫瑞更加是充满胜利的骄傲。然后由路易做东，他们四人去楼顶酒吧跳舞品酒。仁仁和瀚夫瑞跳时，晚江抽身出去，用公用电话给洪敏的夜总会拨了号。那边说洪先生正在工作，请她留口信。她说请洪先生半小时后在电话旁边等待。

她回到酒吧，瀚夫瑞刚下场，眼里少了一些他惯有的冷静。这是我最安全的时候，他以为一家三口都在帮他看守我呢。她挨着他坐下来，他拿起她的手，像十多年前一样吻了一下。她有些感动，也有些触痛。忽然抬头，见仁仁和路易搂在一起，那么青春美貌。她想：好哇路易，你精心铺垫了一晚上，全是为最后这一招。原来她从来没有把火从仁仁那里引开，她一个半老徐娘怎么可能引开那样的火呢？看那火现在烧得多好、多美妙，十个半老徐娘豁出命去，也救不了那火了。

瀚夫瑞把酒杯递给她。她一口饮尽。然后她没听见瀚夫瑞说了什么，便朝舞池中央走去。路易的嘴唇几乎碰到仁仁的太阳穴了。人家才是一对花儿与少年。半老徐娘想：顶不顶用我都得试试，仁仁是她最后的、最后的希望。

舞曲正好结束，母亲从女儿手上接过这个男青年。血统含混、身份不明的叫路易的男青年握起晚江的手，托起她的腰，下巴正对着她的额。她穿着低领的黑长裙，应该不那么目的显著。

“你今晚太美了。”路易说。

“哼，对每个女人你都是这句话。”

路易面皮一老，笑笑。她的胯贴了上去，他马上感觉到了，手掌在她背上试探一下，又把她向怀里紧了紧。她感到他的呼吸热起来，蒸腾着她的头发。她身体已经不单单在跳舞了。他马上感觉到，那种内向的舞蹈在她体内的律动。他是个喜欢讨人欢心的人，女人的欢悦更能引起他的欢悦。他看到自己使一个女人颤抖不已的时候，他才感到最大程度的满足。他觉得怀里的女人正一点点走向那个境界，只是更深层的。他们表面上做的、听的毫不相干，从女人的小腹动作，他也知道她实际上在做什么。

“我是对每个女人都讲这句话，但一半是假话。”

“你的女朋友听得出她们属于哪一半吗？”

“得看哪个女朋友。”

“我怎么从来没见你把她们带回家来？”

“我疯啦？”

“哎哟忘了，你是开旅馆的。”

她没意识到两人的谈话已相当放肆。但她感到自己成功了。仁仁保住了。至少是今晚。保住一次是一次。她看见瀚夫瑞和仁仁跳得一样活泼可爱，心想这美食节多来几次多好，让节制一生的老瀚夫瑞也失一失态。

“你看，仁仁今晚多美。”她下巴在他肩上一努。

“没有她的妈妈美。”

她笑了，白他一眼：“不是真话。”

“有什么区别——真话和假话在这个时候？”她想说：什么时候？大家借酒消愁、借酒撒疯的时候？但她看见他眼里真有了什么。痛苦？怅惘？他难道在说：由于我和你的一万种不可能，我说真话又能改变什么呢？他微仰起脸，不再继续走漏任何心思。

不管怎样，晚江今晚是成功了，为仁仁赢了一个安全的晚上。

她朝公共电话走去时，心里十分得意。

洪敏如约等在那头，嗓音很哑地问她怎么神出鬼没这时打电话。她说她在报上看到两处房产广告，价钱、地点都合适极了。她问他投资什么时候能有回报。他叫她别急，合适的房越看越多，越多得越多看……

“我天天看，特别了解行情。你能拿出一部分钱来也行，先付定金。”她说。

“现在拿不出来。”

“为什么？”

“投资又不是活期存折，你想什么时候拿就什么时候拿。”

“五千块的定金，总拿得出吧？”

“拿不出来。”

她听出他想挂电话了。“你瞒了我什么？”

“瞒你什么了？”

“你把钱又丢了，是吧？”

“没有。”

晚江停了一分钟，什么都证实了。她说：“再也没钱往里补了。你趁早别指望我。”

他一声也没有。她心疼起来，说：“是真没钱了。债券都卖了。老人家问起来，我就得跟他挑明，我犯了错误，误投了一笔钱。他不能把我怎样。”

“晚江，那我们就没那房子了。”

“等我攒了钱……”

“我们死之前，也买不了房。”

晚江不说话了。

“我跟人借了点钱。”洪敏说。

“什么？”

“我跟两个老女人借了钱。”他压低声音。

“你怎么能借钱？拿什么还？”

“她们有的是钱，说什么时候我有，什么时候还她们，不用急。”

“你明天就还她们！”

“为什么？”

“你现在怎么学会借钱了？过去我们那么穷，也没跟谁借过一分钱！”

“在这个国家，借得来钱，就是好汉，老人家一辈子借过多少钱，你问问他去！”

“那也不是你这个借法。你什么也不懂！”

“我更棒，连利息都免还。看你急的，我保证尽快还上，好不好？投资一回来，我马上还，行了吧？”

“那是什么狗屁投资公司？快一年了光往里吞咱的钱！我告诉你，你这回再收不回本来，我向警察举报他们！”

“好，举报这帮兔崽子！”

她回过头，见瀚夫瑞站在男厕所门口，正看着她：“你在给谁打电话？”

“一个姓朱的太太。我忘了今晚是她生日，跟她说声生日快乐。”她心里太多头绪，看着瀚夫瑞想，爱信不信吧。

## 15

圣诞节之前，九华突然上门。他眼睛越过替他开门的瀚夫瑞说：“麻烦你请我妈出来一下。”

瀚夫瑞说：“请进来吧，有什么事进来谈。”

“不了，谢谢。”

瀚夫瑞心想，这小伙子一派冰冷的礼貌倒颇难周旋。无意中倒是他把瀚夫瑞这套学去了。

晚江嘴里问着伤痛还犯不犯之类的话，跟九华向前院走。瀚夫瑞明白，她昨晚一定烧了一堆的菜，要九华假装顺路来取一下。行为不够高尚，出发点不失伟大；要过圣诞了，母亲不能没什么表示。

他从窗纱后面看见九华和晚江在激烈谈话。他猜不出什么事让晚江神色那样严重。他爱莫能助地由他们去了。

晚江问：“哪几家报纸？”

“旧金山每一家大报都登了。这两个华人正在被联邦调查局通缉。你去找报纸看，我又看不懂英文。”九华说。见母亲发呆，他说他是送货路上赶来告诉她这个消息的，客户还在等他的货。

九华走后，晚江回到客厅。路易早上看的报还摊在那里。她读了头版的标题，马上证实九华的消息属实。洪敏投资的那个公司是个大诈骗案，两个主谋挟带几千万资金昨天晚上失踪。绝大部分的投资者是家庭主妇和低薪移民，包括保姆、清洁工、园丁。

再也别指望洪敏的钱回来了。

下午那位大马猴太太打电话来，客客气气地请晚江想想办法，替洪敏把三万块钱还给她。一小时后小巧玲珑的太太也打电话来，哭哭啼啼，说她先生逼得她活不了了，问她跟夜总会舞男搞什么狗男女勾当，竟敢借两万块钱给他。晚江哄她说，这一两天一定把钱还上。晚江此刻站在后院。她食指捺断电话，看着剪得秃秃的玫瑰丛林，心想，都冲我来吧。她知道瀚夫瑞在起居室看着她的脊背，但她哪里还顾得上和他啰唆。

圣诞夜，瀚夫瑞终于发现苏喝空了他所有的名酒珍藏。他并没有大发脾气或当众羞辱苏，他只对苏说：给我一点时间，让我好好想一想该拿你怎么办。

瀚夫瑞是和戒酒组织联合起来收拾苏的。节日后的一天，早上八点戒酒组织的车来了。苏知道顽抗是死路一条，便女烈士一样挺着胸走去。在门厅里，她从容地穿上鞋，把长年蓬乱的头发梳直，又往嘴上抹了些九角九的口红。她的酒糟鼻不十分刺眼，目光也清亮。她大义一笑，说一切交给晚江了。洇出嘴唇外的口红使苏的笑血迹斑驳，非常地惨。晚江突然不忍睹地避开目光，两手冰凉地给苏握着。她说她把她的动物园托付给晚江了。晚江要她放心。苏告诉晚江，她的四只兔子是终日躲藏的，只管往食槽里添萝卜缨子。她还说两只猫一般不会打鹦鹉的主意，但绝不能对猫丧失警惕。

瀚夫瑞站在门边，等苏啰唆完，说：苏，上车啦。苏在上车前还在交代：一只猫食欲不振，体重减轻，拜托晚江多给它些关照。她说若是猫需要进医院，去向路易借钱。你这时认为苏就是一位女烈士，而刽子手是瀚夫瑞。不止瀚夫瑞一人，连晚江都插手了杀害。这家里的每一个人都盼望穿红色绒衣的苏快给结果掉，包括仁仁和路易。

晚江看着苏给塞进戒酒组织的车。她的红绒衣是仁仁十二岁时扔掉的，黑色皮包是晚江用腻的。处理苏就像处理一块疮。九华自己知道自己是这家的疮，自己把自己处理了。

苏却浑噩地存在，不时作痒作痛，令人们不适。

你什么时候处理我呢？晚江看着瀚夫瑞太阳穴上的老年斑，明白他要一个个地收拾大家，苏只是个开头。他肯定已查看过貂皮大衣和债券。

长跑中晚江不再理会瀚夫瑞的“等一等”。她说这样跑她窝囊死了，对不起了，今天她得痛快一次。她撒开两条优美纤长的腿跑去。

她知道瀚夫瑞不久就会放弃。果然，他放弃了。没什么可怕的。

还怕什么？昨天她给瀚夫瑞写了封信，将洪敏、投资、买方一一向他摊牌。你看，我就是这么一只雌蜘蛛，暗中经营一张大网，毫无恶意地猎获了你。收拾我吧，瀚夫瑞。在信的结尾她说：很抱歉，瀚夫瑞，一切都不可挽回了，我还是带仁仁走吧。

她让仁仁把信挂号寄出。仁仁说：让信在邮局打一转再到瀚夫瑞手里？你们在搞什么鬼？她指的“你们”是她的亲父母。晚江说：过两天你就明白了。

跑到目的地，晚江面朝金门大桥坐下来，看着一辆辆车驶过桥去，她希望能看见九华那辆新卡车。不经意地转脸，她吃了一惊，瀚夫瑞竟远远地追来了。

她不知怎样已下到坡下，向一辆出租车招手。估计瀚夫瑞已上到了坡顶，正东南西北地搜索她。他以为只是个不巧的错过，等他回到家，晚江和早餐都会十年如一日地等在那里。他怎样也想不到，等他回到家，晚江已到了洪敏的住处。

晚江途中让出租车在公共电话旁边停下。铃响了十多遍，洪敏却不在。她立刻明白了：所有躲债的人都会拔掉电话线。她又打电话去夜总会，从那里得到洪敏的住址。

看清门外是一身运动服的晚江，洪敏才惊魂落定。她若不扯嗓子叫起来，他是绝不开门的。问都不必问，她也看出老女人逼债逼得有多紧。她要他拿上钱下楼去，出租车司机还在等她付车钱。他从挂在椅背上的裤兜里摸出钱包，嘴里却说，好像是没钱了。似乎怕她不信，他把钱包打开，给她看见里面唯一一张一元钞票和三个角子。她说那就快去银行拿吧。他笑笑，说银行也没钱。两人就站一会儿，她说，去邻居家借一下，五十块就够了。

他出去后，她看一眼他的皮夹，里面是她二十岁的一张照片。她从来没来过他的住处，但这气味她熟极了。窗帘似曾相识。她想起来，她曾从瀚夫瑞车库里找到它，又把它偷运到九华住处，显然再由九华那里淘汰到此地。窗下的写字台上放着几个外卖饭盒，里面还有干得十分难看的肉和菜。

一个巨大塑料碗是盛泡面的，现在里面盛了足有半斤烟头。躲债的人烟瘾大得吓死人。

她推开壁橱，见里面放着两套旧高尔夫球具，挂着五六件高尔夫裤，还有一套马球装和马球棒、一堆靴子。他在跳蚤市场上买来这些阔佬们的垃圾，指望哪天投资发了财，也会些阔佬的娱乐。

她走进浴室。浴缸旁边有许多块旅馆的小香皂。洗脸台上，也堆满小香波、小润肤露，一次性刮脸刀、一次性梳子。要这些小破烂有什么用呢？大概她徐晚江在十年前也会干同样的事，贪占小便宜，积攒留之无用、弃之可惜的小东西，最后就把它们搁在这儿落灰。假如不跟瀚夫瑞生活，恐怕她今天还会像洪敏一样。可洪敏居然宿过这么多廉价旅店？她读着一把把梳子上的客栈名称，心想，或许老女人们把这些破烂当礼物送他的。她绝不追究他。她徐晚江难道干净？

洪敏回来了。睡眠太多，他脸浮肿得厉害。

“我要回去了。”他说，“东西叫九华来帮我收拾，完了拿到他那去。”

“什么时候走？”晚江问。要不是她脑筋一热跑来，他招呼也不打就扔下她走了。

“明天。”他说。

“后天吧。”果然啊，你也躲我的债。

“票是明天的。”

“后天走。”眼泪流下来，她视觉中他的脸更浮肿了。

他摇摇头。

“后天我就能跟你一块儿走。”

他走上来，抱住她。她把脸贴在他肩膀上，呜呜地哭着。她心里清楚她后天不会跟他走的，大后天，大大后天，都不会了。是跳蚤市场买来的高尔夫球具，还是廉价客栈拿来的一次性梳子让她看到了这个痛苦的结局，她不得而知。或许从他借老女人钱的一刹那，结局就形成了。

“别胡闹，你在这儿好好的。”

“我要跟你走！”

“我有什么用？无知、愚蠢。”

她在他肩上使劲咬一口。他一声不吭。她抓他的脸，啐他：“那你就打算把我们母子仨撇下，自个儿逃命啊？冤有头债有主你不知道啊？你跑了要我抵债是不是？要是我不来，你就贼一样偷偷跑了，我们的死活你也不管了！”

她明明知道他是无颜见她才打算悄悄走的。

“我回北京，好好做几桩生意，有了钱，买个两居室。我们团的陈亮记得吧？公司开得特大，老说叫我去呢。”

听不下去了，她转身抄起高尔夫球棒，朝他打下去。多年前她动手他是从不还手的。所以他站着，任她打。打得他跌坐在地上。这个高度打起来舒服了，她两眼一抹黑地只管抡棒子。最后棒子也打空了，才发现他倒下了。她喘着气，心想：没什么了不起，我这就去厨房开煤气。要逃债大家一块儿逃，要走我同你一块儿走……

她眨眨眼睛，满心悲哀地想：这样壮烈的事，也只能在幻觉中发生了。十多年前，她做得出同归于尽的事。现在只能这样了：抹抹泪，回家。洪敏开车送她。一路上两人相互安慰，说只要不死，总有希望。

## 16

回到家她跟瀚夫瑞说她碰见了个大陆来的熟人，两人去早餐店一块儿吃了早点。她想：最晚到明天，你就不必费事盘问了，信上我什么都招了。

到第二天傍晚，那封挂号信却仍没有到达。晚江问仁仁，是不是把信丢了，仁仁说她可以起誓。那么就是她慌乱中写错了地址？粗心的仁仁填错了挂号单？邮局出了差错？仁仁这时根本顾不上和她啰唆，她一心要去跟瀚夫瑞谈判。

晚江在厨房旁观“谈判”的进行。

仁仁抱着苏的一只猫说：“借五百块，不行吗？”

“不行。”

“兽医说，只要把肿瘤切除，它说不定会活下去。要不切除，它很快就会死的。”

“我不担心这个，我担心动手术得花一大笔钱。你认为值得为这只猫花这么一大笔钱吗？”

“那是我的事。”

“借不借给你钱，是我的事。”

仁仁一下一下地抚摸着体温不足的猫。她抬起眼睛，死盯着瀚夫瑞：“要是我求你呢？”

“你求求看。”

“你原来这么残忍。”

“那是你的看法。”

“苏的看法一定和我相同。”

瀚夫瑞忽然把目光从屏幕上移开。他深深地看着女孩，说：“你看见苏是怎么回事了吧？想想，我会让这房子里再出一个苏吗？”

女孩一时不懂老继父的意思。她说：“我求您了。”女孩突然妖媚地笑一下，很快意识到这笑有点低三下四，脸红起来。十五岁的女孩从来没有低三下四过。“就算你为我开了大恩。就算你救的是我。”

“苏来的时候，也四岁。看看，我能救她吗？我什么都试过了，最后我还是把她交给戒酒组织去救。苏可能这辈子没救了。她痛苦吗？不痛苦。痛苦的是她的继父，我。”瀚夫瑞的痛苦深沉而真切。按说他不该向十五岁的女孩暴露这些，但他不愿在女孩眼里做个残忍的人。

女孩垂下头。当天夜里，猫不行了。仁仁独自守在苏的地下室里。晚江不放心，披着厚绒衣下来陪她。两人一声不响地面对面坐在长沙发上，猫伸直四爪侧卧在她们中间，更扁了。早晨四点，猫溢出一小泡尿，咽了气。仁仁抱着猫向院子走时，鹦鹉醒了，脑袋从翅膀下面钻出来，嘴里不清不楚地咕噜作响。从猫进入病危，它的伙伴，那只三脚猫就不知去哪里逛了。晚江告诉仁仁，是猫就是三分精灵，三脚猫才不要回来，在它的伴儿身上提前看自己的下场。晚江也不知这说法哪里来的，有没有道理。

在猫死之后的一天，晚江发现一只兔子下兔崽了。仁仁一下子缓过来，每天回到家就跑到苏的地下室，一双眼睛做梦似的看着八只兔崽吧咂有声地吃母兔的奶。她看一会儿，长长叹一口气，接着再看。电话铃响了好几遍，她都醒不过来。电话是个男人打来的，上来就叫“心肝”。晚江听了一阵，明白他叫的“心肝”是苏。苏也有把她当“心肝”的男人，尽管她头发擀毡、酒糟鼻子、涂九角九的口红，都不耽误她去做人的“心肝”。正如兔子们，在床底下度日，一样有它们的幸福和欢娱，一样地繁衍壮大。

挂号信仍没有到。每天看瀚夫瑞坐在吧台前用一把银刀拆开所有邮件，然后问：“晚餐准备得怎样了？”她便知道，这一天又过去了，枪决推迟执行。

九点半她又闻到瀚夫瑞身上香喷喷的。她觉得自己简直不可思议，居然开始刷牙、淋浴。

隔壁院子几十个少男少女在开 party。音乐响彻整个城市。

她擦干身体，也轻抹一些香水。洪敏这会儿在家里了，趿着鞋，抽着烟，典型断肠人的样子。

少男少女的 party 正在升温。无论你怎样断肠，人们照样开 party。

# 密语者

这人问乔红梅是否记得他。他看着她跟着一个高大的美国男人走进餐馆，然后两手松松地抱在胸前，一只脚虚支出去，站成一个美好的消极姿态。他说乔红梅就这样和他脸对脸地站了半分钟，等着领位小姐指定餐桌。在那半分钟里，他向她笑了一下。他的座位迎着门，他认为乔红梅不该错过他的笑。他那时手里拿着打开的菜单，正打算点菜，听见一个异国情调的女声说："还好，人不多。"他一抬头，看见了她，乔红梅。下面，就是他给她的那个赞赏的微笑。很少有人躲得过他的笑，男人、女人、熟人、生人，都躲不过他火力极强、命中率极高的笑。他这样告诉她。

乔红梅读到此处，歇一口气。网上来的这个人显然把她昨晚的一举一动都看在眼里，口气稍稍有那么点放肆，但她喜欢他的行文，是尼采和艾米丽·狄更生的融合。

他说乔红梅跟在她丈夫身后往窗口的餐桌走，长头发的清爽气味他都闻到了。她走过每一桌，眼睛不失体面地瞥一下桌面上的菜肴，或者围在桌边的面孔。就在这时，他见她转过脸。她是朝他转脸的，这人判断到，因为每个被盯得太紧的人都会感应到一种危险。一点都不是玄说，尤其对她这样一个感知丰富的女人。他说她看上去只有二十八岁，最多三十岁，但他知道她其实不止了。好了，乔红梅朝身后扫一眼，眼光在他脸上逗留了一下。至少他认为有那么个逗留，这网上来的多情人。

他看她丈夫替她脱下外套，随手拍了拍她的脸蛋。她那个轻微的躲闪并没有逃过他。他说真好啊，证明她的肌肤还没有麻木，还会拒绝毫无意味的触摸。他问她是否自己设计服装，柔软而皱巴巴的麻质长裤和缀玻璃珠的凉鞋使乔红梅惊人地性感，鞋使脚基本裸露，脚面上闪着几颗无色透明的珠子。

她“唰”地起一身鸡皮疙瘩。先四周看一眼，再看写字台下的脚。有这样露骨吗？脚也可以勾勾搭搭的？确实如此。细带上的玻璃珠如露珠一般、汗珠一般。她的丈夫从来没有过问，珠子是怎样从窗帘上到了她脚上，发着性感暗示，让能够领会的人去领会。她并没有这方面的想法，却让他一语说穿。

还有上衣。他说她的上衣也非常妙，染色的线绳编织的，在不同光线、不同动感中就是不同颜色。是你的手艺吧？他问乔红梅，那么不规则和异想天开。

下面他谈论起她丈夫来。他说他看上去很聪明，也很精神，是老了一点，没错，但总体来说蛮好，很配她。总体上，在一切人眼里。除了他，他看的不是总体。

乔红梅想，离间来了。

不过都不重要，对不对？他说下去。带一点欺负人的独裁腔调，也有一点诗意和多情。掩藏在薄情下的多情，女人谁受得了这个？他说重要的是，他看出乔红梅对丈夫整个是封闭的——对不起，这儿他不得不提到“心灵”。他要她原谅，他用了“心灵”这种奶油兮兮的词，要她千万别把他当成一个奶油兮兮的爱耍文学腔的人。他看到的不只是她对她丈夫的封闭，大致上，她对整个观赏环境心灵都关闭着。他解释说：我并不想挑拨你们夫妻关系，我绝不是这意思。

他就是这意思。她心里说。

她的丈夫是个爱说笑话的人，一看就知道，可他误认为把妻子逗笑就没事了。他看乔红梅在丈夫抖出包袱时仰脖子哈哈了几声，其实她一直在跑神。丈夫自己笑得面红耳赤，她呢，嗔怪地斜睨他一眼，表示被这个不伤大雅的黄笑话小小得罪了一回，像所有的中产阶级知识分子妻子，像所有无救的美国良家妇女，从男人们无法幸免的肮脏中得到一点小小的娱乐，同时拿出管教他们的姿态。

可他看出，她在装假。他说他从来没遇见过像乔红梅这样的女人，装假装得这么棒。她对于她的丈夫，是作为一个秘密话者，喘气儿、吃饭、笑。因此这人对乔红梅深深着了迷。到此处他另起一行，说他得到乔红梅的 E-mail 地址，是偶然也是必然，她大可不必惊慌失措。

乔红梅在键盘上“嗒嗒嗒”地敲击起来，说她并没有惊慌失措，只是觉得这个游戏玩的人实在太多，她就不想玩了。并不难猜想他得到她 E-mail 地址的手段，她所在的学校、图书馆，她的许多熟人和半熟人那里，都能找到她的 E-mail 地址。如今网上卖机票、卖电话卡、卖 CD、卖书、卖二手货，她的网址他们都有，她从来不问他们获取她 E-mail 地址的手段，是光明的还是黑暗的。她告诉他，她每天打开信箱，百分之九十的造访者都是他这样花言巧语的陌生人，提供她高利贷、逃税方法、赖账手段，提供她降价首饰、护肤良方、色情娱乐、男妓或女妓。难道她会惊慌失措？她把她对这人的一点动心藏在丘八式语言的后面。然后她谢了他的奉承。他马上回答了。他说奇怪，乔红梅怎么把他的话读成奉承了。他并没有称赞她美丽，并且他真的不认为她美丽。“着迷”在英文里是死心眼的好奇罢了，他对死刑犯、妓女、政治小丑都着迷。

乔红梅意外了。许多人说她是美的。这人倒让她碰了一鼻子灰。她眼睛搜出他那句“惊人地性感”，发现他语气冷静、客观，还有凌驾之势。她想他这样轻微地羞辱她，倒是突然拉近了他和她的距离。他突然可信了，实体化了。她想她可真是贱骨头，他让她的虚荣心落空，她反而来了和他交谈的劲头。

她的手指敲击起来。她说：“谢谢你的直爽。不过我不习惯和一个陌生人议论我自己。”她读了一遍，把其他字删除掉，只留下“谢谢直爽”。这样好，酷，不动声色。他看这个句子时，会看到反守为攻的她，带一个老手式的浅谈，意思是：来吧，看咱们谁先把谁逗急。这人反应很快，说他不认为直爽是美德：“你就不直爽，你这谜一样的女人。”有挑逗的意思了。乔红梅站起身，想缓冲一下此刻的兴奋。她竟然非常恋战。他把她看成谜之后，其实他对她也形成了一个谜。

她拿起茶杯，喝了一口，发现什么也没喝着，杯子是空的。她得缓冲一下，战栗可不妙。她让这个不知底细的人顺着电线这根藤摸过来了。绕过丈夫格兰，摸进这间十四平米的书房。乔红梅在镜子前面站着，按他描写的模样，一只脚虚支出去。她拼命地想昨晚餐厅里的人，所有的面孔，却是怎样也记不起了。但他是存在的。陌生的存在渐渐有了形态和质感，有了低低的体温，就在这间十六层楼上的屋里，在她浑然不觉的丈夫的隔壁。

乔红梅走出书房，向厨房走，手里拿着空茶杯。她忽然抬头，见丈夫格兰一身运动装束。格兰说他出去跑步，回来一块儿吃早餐。她说：好的，祝你跑得快活。他深棕色的眼睛在她脸上多留了一会儿。她问：怎么了？他说：很好，你看上去气色很好。你也是。她说。她正要回书房，门又开了。格兰把一个快递邮包从门缝里塞进来。她拿过邮包，猜出里面是两本书。格兰做教授的第一大优惠是买书钱可以充税，所以他隔一天就有一个寄书的快递邮包。她隔着茶几把书往沙发上扔，没扔进，落在地上。她不去理它了，端着水往回走，又觉自己态度有问题，再走回沙发，捡起书，放妥。杯里的水洒在格兰珍爱的古印第安地毡上。据说图案上的红色是取某种虫血染制的。

回到计算机前，乔红梅一口一口呷着杯中的冰水。二十分钟后，回信来了。他猜想乔红梅一定想弄清他到底是谁。他说他身高五英尺九英寸（并不算太高，但很合她的意），体重一百五十八磅，黑头发、黑眼睛。个人背景：耶鲁大学英文系本科生，哈佛读完硕士后，修了一年博士课程，半途而废。他父亲留下的遗产在一位投资顾问手里运作甚好，因而他打消了做博士公子哥儿的念头，索性做一个公然而诚实的公子哥儿了。他说他和乔红梅是同一类人，很难忠贞于某个人和某项事业。他在看见乔红梅的一刻，就在心里感叹，肉体的忠贞是最容易因而最次要的。

乔红梅看着一行行自我拆穿式的介绍，感到这陌生男人渐渐在她眼前推成了一个特写。不是面目，是气息。她进一步被他吸引了，尽管她对他的富翁父亲、优越学历保持百分之八十的怀疑。她说：你难道暗示我不忠贞吗？他回答道：我没有暗示。我在指出你的不忠贞，我相信你是个智慧的女人，明白我们不必抠“忠贞”的字眼。你的心灵从来没忠贞过一分钟。他再次抱歉用“心灵”这种似是而非的词。

乔红梅说：好吧，随你便，不忠贞就不忠贞吧。她往椅背上一瘫，不想辩解。这人话锋一转，说：别这样，你跟所有人都这样，希望你跟我别这样。我们要好好地开头。他这一步迈得过大。乔红梅对他突然出来的体己有些反感。他马上看懂了她，写道：别误会，我会给你足够的时间适应我，在一切都未开头之前。又是几分钟，她没有意识到自己在啃指甲。他又来了两行字，要她松弛，别那么恐惧，否则他马上退出这场约会。他把它叫作“约会”，乔红梅玩味着。他说他只是想了解她，她手指甲被啃成那样，绝不会无缘无故。

乔红梅条件反射地一下攥紧拳头。他连她手指甲上的啮痕都看见了。餐馆里她难道咬了手指甲？不会，公共场合她一般不会的。并且，在和格兰出门前，她贴了一副逼真的塑料指甲，一般上点台面的场合，她都这么干。假指甲不过分修长，看上去健康而洁净，绝不是公司女接待员，泰勒街暗娼九百九一副、色彩艳丽的那种。他说乔红梅把指甲啃食成那样，必定有原因。

她一只手在键盘上敲打，删删改改，问他到底跟踪了她多久。她不相信昨晚是他头一次见她。

他不置可否。

虽然兴奋，乔红梅还是感到有点毛骨悚然。她说她咬指甲的习惯是幼年留下的毛病。他说他将会知道真正的病因。

你少跟我来这套，盯了我的梢，偏要弄出神机妙算的意味。乔红梅心里说。在键盘上，她却问他同时向多少个女人发送同样信息。这人倒也不直接抵赖，没有谎称除了她他不向任何女人发此类信息。他说眼下没有合适人选值得他发送。她问什么是“合适人选”。他说像乔红梅这样极度含蓄、极度不安分的女人。

乔红梅想“极度不安分”大概是准确的。

他说昨晚在餐馆里，他始终在观察她。她的右侧，是一排不锈钢护壁，她的那一半侧影，被投射上去。这样他看见她里面那只手的动作：撩动披到脸上的头发、轻揉右面的太阳穴、拨弄也是无色透明的珠子耳坠、用吸管搅动饮料。他看到她的不耐烦、腻味，而别人却把那看成娴雅、从容。他还形容她的目光，说她眼里有种邀请。邀请人们的关注吗？不止。他看出她的眼睛在邀请爱抚（真正的爱抚），邀请人与她玩眼神、玩感觉，甚至邀请进犯、邀请征服和占有。这眼神使她不同凡响，使她所有动作、语言都不足为信。他从未见过如此暧昧的女人。他相信他就在那时被诱惑了。

门被叩响。她还没来得及反应，格兰的面孔已伸进来，上面一层红晕和汗水。她问他跑得是否舒畅。他说好得不能再好，一块儿吃早饭吧。她说一分钟之后就来。格兰说：哇，你今早真美，眼睛在燃烧。说着，他修长的身体越过写字台拐角，嘴唇噘起。这是早晨必定有的吻，谁也休想躲掉。

乔红梅马上迎着格兰的亲吻站起来。唯一阻止他的办法是立刻跟他去吃早餐。她的阻击成功了，格兰没有多心，去瞥屏幕上的词句。格兰的手扶在乔红梅腰上，往厨房走。这个初识不轨的东方妻子在他手掌下年轻柔韧，毫无破绽。

撇在身后的，是她和陌生男人眉目传情的证据。

这人再次出现是三天之后。给她足够的时间享受悬念。他说对不起，他失约了，他唯一的女儿突然到达，这三天里他的一切都属于她了。他说他已经有十一年没见女儿，他每年寄的生日卡片都被如数退回。

这就是说，他至少四十五岁。当代美国男人三十岁做父亲比较普遍。乔红梅问他，女儿为什么退回生日礼物。他回答生日礼物被留下，退回的是写有贺词的卡片。礼物被重新包装，以别人的名义，礼物还是礼物。他口气实事求是，毫不渲染，但她看到了创伤。对这个人的陌生顿时退去一大半。创伤绝不虚无缥缈，创伤使无论多不同的人都可以相互认同。她和这个极不可靠的人接触，创伤突然使他可靠了。

她问他他的女儿和他长得像吗。他回答说，女儿的头发像她母亲，其他都和他一模一样。她说一定小巧玲珑，像个混血姑娘。他识破她的圈套，说他最讨厌混血姑娘。他说：你不必猜测我的血统，我们注定要见面的。

注定?

注定。

夜很深了。能听见格兰房里的音乐。他读书或写作总是需要伴奏。此刻是夏洛蒂·澈奇（Charlotte Church）在为他的阅读伴奏。薄荷露似的声音。谢天谢地，在油爆爆的世界滴入夏洛蒂的薄荷露。

这人和她默不作声地打量对方，一个在夜色这头，一个在那头。

他说他今天下午把女儿送上了飞机，然后便想到了她。他说不知为什么女儿使他想到她。也许女儿也有种绝不好接近的样子：也是面上一套，心里一套的温顺沉默。

她问他：难道我面上一套，心里一套？

他说任何一个表面像她这样顺从、任何一个有她这副缄默微笑的人都有这问题。餐馆里，他看见她接过菜单，看也不看，把选择马上让出去。他看着她丈夫为她点白葡萄酒、红葡萄酒，她点头微笑，做出很是领情的样子。而她的脚呢？那近乎完全赤裸的脚在打一个节拍。那支秘密的曲子。她在秘密地自得其乐。

她问他是否精通心理学，或者人类行为学。

他说：你不要担忧我会游手好闲，也别费劲猜我是否有个正经差使开销生命。我什么都不做，又什么都做。你会知道的。我们快要见面了，不是吗？

乔红梅吃不准了。她想和他见面吗？见面会意味什么？她听见夏洛蒂在隔壁纯洁地歌唱。格兰也在熬夜。大概他在等他用功的妻子，看看能不能等来一次做爱。

她写道：今天就谈这些，我丈夫在等我，我必须去睡了。

他说：好吧。你肉体还蛮慷慨，也算纯洁。祝你销魂。

他有什么资格妒忌呢？乔红梅心里好笑。

他问下次约会是什么时间。

她说不会有下次了。这是她突然做出的决定。她不给他插嘴的时机，一鼓作气敲着键盘。她说她的丈夫非常爱她，他们为得到彼此身败名裂过。用中国俗话说，叫九死一生。她不应该背着他进行这种约会。她说：谢谢你的关注，也谢谢你为理解我所费的心。

然后迅速下网，关掉计算机。呆了一阵，她无力地站起身，去揿电灯开关的手臂几乎抬不起来。光亮和黑暗间的一霎，她瞟到一个女人的身影，惊得险些大喊。再揿亮灯，发现那是镜子里的自己。她干的好事，在书房装什么镜子。她从来没见过这样陌生的自己，面孔油润红亮，眼睛水润润的。是头晕目眩的眼睛。还有嘴唇，还有胸，女人在经历肉体出轨时才会有的容颜，大概正是这样。它提前出现在她脸上、身上。她的肉体比她走得更远了，多么不可思议。得彻底切断他顺藤摸瓜进来的这根不可视的线索。

她重重坐回转椅上，两脚一撑地，把转椅撑回桌边。打开邮箱，他的回答已等在那里。会是什么样的回答？她想她绝不会去读。无非是用更有说服力的话向她证实他对她的理解。或者会刺她一句（像说她并不美丽那样刺激她上钩），说：喂，你想哪儿去了？我并不想做你的情人，让你背叛你丈夫。混血女子我都消受不了，何况你这纯亚洲血统的女人。

她想不管他的回答是什么，她都绝不上钩。

而下一秒钟，她已在瞪着他的回答了。回答只有一个词：“Fine.”

竟这么好说话。他干脆、利落地答应了她：“Fine.”就此终止了一切纠缠。

她瞪着他的“Fine”。真的罢休了？他不失自尊地，甚至是冷傲地微微一笑：“Fine.”眼睛是哀伤的。未必哀伤，或许是好笑的：所有小题大做的女人在他看来就是那么好笑。他两肩轻轻一耸：“Fine.”然后转身走出，惆怅是惆怅的，但自制能力毕竟极好，修养更不用说。他两手插在裤兜里，任凭风吹乱一头黑发，匀称而矫健地离去。留一个渐渐小下去的背影，很是古典。

乔红梅怎么也没想到他会这样轻易收兵。倒是她成了没趣的那个了。她不知自己在窝囊什么。一个公子哥儿从她这儿一走，马上会去挑起下一场艳遇，她不是从此清静了，省事了？

她一行行逆着读他的每句话。他主要是写他的女儿，他们的三天相处。真切深记的父亲感觉，就在那一个个简洁的句子里。三天，他以不可思议的眼神注视他缄默的女儿，讲起他对她可怜的一点记忆，突然从女儿缄默的笑容里意识到，同样的话他已对她讲过了，可能不止一遍地讲过——他曾经怎样在夜里抱着她，从四楼走到一楼，再从一楼走回四楼，为了不吵醒她的母亲和邻居们。女儿看着他，神秘的表情，态度严实地掩藏在那表情后面。她真是莫测得很，突然喷出一声大笑。笑他可怜，每个父亲都有如此精彩的记忆。或许她想起她母亲的话：父亲对于她的投资，就是一尾精虫。于是他带女儿出去，去最有名的风景点，没完没了地为她拍照，为她买渔人码头的首饰和工艺品，带她去纳帕桑拿按摩，哪怕她朝某件昂贵服装多看一眼，他也会去为她买下来。他还是在女儿的笑容里看到，他可怜透了，他还是一尾精虫。会讨好的、舍得花销的一尾巨型精虫。

乔红梅想象他的女儿，一个十四岁小姑娘。她想象那细长腿的小姑娘消失在登机口的昏暗中，这人忽然想到，自己到底是个什么东西。是一个用电子邮件去同陌生女人胡搅蛮缠的男人；是一个在餐馆或咖啡馆独坐，静静等待她乔红梅这类猎物的人。也许在开车从机场回家的途中，他就有心改邪归正，为了女儿。

那天深夜，她和格兰做了爱。好久没那么好的效果了。似乎她借了格兰向另一个人释放激情，也似乎格兰不知怎的显出一种陌生。然后她滚翻身就睡去，当然是假装的。她怕格兰开口讲话，破了那魔咒。

一连七天，乔红梅不上网查邮件。这人好说好散地消失了。她咬指甲的毛病恶化起来。她发现她咬指甲不是因为紧张，恰恰是因为平静。无事可期盼的平静。

到了第八天，她给他发了一则短信，请他介绍几本最新心理学读本。她压根不提上次不太好的收场白，以及这些天她寻寻觅觅的心情。

没有任何回音。

三天后，她把同样的短信又发一遍，并加一行解释，说她怕上封信遗失，没到达他的信箱。

还是没回音。她脸面也不要了，一连气地拿短信轰炸他。

乔红梅啃着指甲想，看来他倒是一位绅士呢，一诺千金，说到做到。或许他那颗羞于提及的心灵不再空洞，里面装进了失而复得的女儿。无论什么原因，使他坚决不理会她，都使乔红梅感到窘。此刻他在干什么？在计算机那端，好笑地看着她，失望而萎靡，一头烦躁的头发，指甲片片残缺？好笑她打起读书的幌子，企图邀回他的关注，并久久挽留它。她的假装正经、不甘寂寞在他看来实在好笑，他就是要这样窘她。一个易受勾引的女人就该狠狠地窘。又等了两天，乔红梅踏实了，也认了窘。她开始赶落下的功课，收拢神志听格兰谈他的事。好好听格兰讲话，还是有所收益的。他说他在课堂上老要学生注意，卡夫卡用第一人称很多，《变形记》表面是第三人称，实际是第一人称，除了最后一段，格里高尔作为甲虫死去之后。他说人称的选择是小说成功的秘诀之一。《麦田里的守望者》若不是第一人称就死定了。米歇尔·布托尔的《变》若不是第二人称，完全是部三流作品。

乔红梅看他嘴角沾一颗面包屑。年纪大起来，第一表现是吃东西拖泥带水。她说：计算机上来信都是第二人称。

格兰说：我们在心里和自己说话、讨论，通常是第二人称。所以计算机上若有人来和你长谈，等于你自己和自己谈话。

乔红梅一想，格兰毕竟聪明，像是察觉了什么。

不再和他通信，他的身影反而清晰起来。黑头发、黑眼睛，对自己的浪漫内心永远批判的那种微笑……但她会淡忘他，一个女人一生有多少这样的暧昧邂逅？谁都经历过短暂的鬼迷心窍。

就在他说完“Fine”的第二十五天，乔红梅再次收到他的信。

他说她走进图书馆时像个走失的孩子。他猜她或许在让眼睛适应室内的光线，也许她想找个好些的读书位置。他说她那样迷失地站了许久，有一刹那，他几乎要投降了，认为乔红梅肯定认出了他：餐馆留下的浅淡记忆和图书馆的某个面影突然间神秘重合。他正打算从他的阅读阁里站起，她却走了，自制的布书包上两根流苏动得非常生动。他说这是她多日来背过的五个书包中最美的一个。

乔红梅大吃一惊：这人原来一天也没离开她，并不像他自己表现的那样悲壮，古典骑士似的踽踽独去。他像一个阴魂，不为人知地时时参与她的生活。

他看见她沿着一排读书阁往里走，正进入最靠里的桌椅时，右腿磕碰了一下。他听上去都痛。那块瘀青比一岁孩子的掌心还大，他猜道。

读到此乔红梅停下来，起身关上房门，把睡裙一点点撩上去。果然，在右膝上方，一块青紫。她盯着它，回忆这天下午图书馆内的情景：她进门时似乎是萧条时分，一多半学生在打瞌睡，年纪大的读者似乎连抬头的都没有。

这人究竟猫在哪里？

他说自己的童年、少年、成年，大多数时间在图书馆度过。像博尔赫斯，区别是他不写小说。他说他原以为凭他的意志是能了断的。他真的不想再打搅乔红梅，以及他自己。人有了渴望是不幸的，他希望乔红梅赞同这一点。她可以制止他写信，但不能制止他的迷恋。乔红梅读得身上热一阵冷一阵。二十多天的沉默，使他再现时容颜憔悴，两眼黑色的激情，但整个人还那么冷调。乔红梅痴痴地想象，把她心目中最中意的一个男性形象套在他身上。他说：别给我任何回答，你的任何回答都会让我受罪。

她马上回答了，说很高兴又能和他交谈。她正欲发送，又觉不安，改为“很高兴得知你一切都好”。

他在五分钟之后回了信，说乔红梅的话和他女儿一模一样，都是那么小心，怕流露了真实心意，让他捞感情的稻草。他说他女儿离去多日，写给他的唯一一句话就是“很高兴知道你一切都好”。他说：你们似乎比我更知道我好不好。

乔红梅说：我看见你失望的样子了。

这人说：失望是我一贯的样子。

乔红梅突然发现，“失望”一词，他拼写错了，少了个“a”，成了“disspointment”。她马上灵机一动：这人会不会是个外国人？比如意大利人？希腊人？俄国人？……他问她那条蓝底白花的长裙从哪里来，充满异国风情。

她告诉他，那叫印花布，是她生长的那个村庄里的土产。过去村里的农家女都会织这样的布，雨天你走在那条两旁是农舍的石板路上，就会听见这家那家织布机木梭走动的声音。乔红梅没有意识到，她已开始向这人展开了她的由来、她的历史。那个她曾经憎恨过的江南村庄，在她向他摇移的画面中，竟然相当美丽。她让他看大全景中的它，黑瓦粉墙、乌篷小船、无际的金黄菜花。她推近画面，是中景了：一座石桥，桥上走过放牛的孩子。孩子中的一个小姑娘，六岁或七岁，便是她。她生在“文革”那年（你知道“文化大革命”吧？），目不识丁的父母给她起了个时髦名字：红梅 (red plum blossom)。她说她几度想改掉这个乡气的名字，却狠不下心来。毕竟父母只生养她一次，只命名她一次。

他回答说他看见了这个万里之外的水乡小村庄。看来你很爱它，不是吗？爱它才有这样的笔调。

她一惊。她从来不认为她爱过它。她不惜一切地要逃离它。逃离它之后，她对生人撒谎，想把它瞒住。她曾经认为哪里都比她的村子好，那么孤陋寡闻、井底之蛙般的村子。在她懂事后，来了一帮叫作“知青”的人，进一步证实她对它的直觉。他们整天讲它的坏话，和她一样认为它是地球上最丑陋的地方。她怎么会爱它？

她说：你大概又要失望了。我一生的努力，似乎都要远离我的村子，越远越好。最后一次走出它，是九年前。我下决心永远不再回去。走过村口的纪念碑，我不知怎的停下脚，看了一眼上面的名字。二百一十三个少女的名字，是一夜间死去的少女。我从来没有好好看过她们的名字。她们死去后的第二年，我的母亲出生了。那年冬天，出生的全是女婴，似乎是死去少女们的替补。我一个个念着纪念碑上和我一样乡气的名字，我的小姑在第六位，我的两位姨姥姥，在第八十和八十一。村里当年三个姓氏的女孩，从六岁到十八岁，一夜间全死了。那些生前被叫作“赔钱货”的少女，全死在一九三七年十一月的一个雨夜。连日本兵都惊得一声不吱。日本兵在傍晚时分进了村，在每座房舍里搜寻中国兵、粮食和少女。家家都只剩下老人和男孩。一个日本兵发着脾气地朝一个稻草垛捅下刺刀……（等等，我向你描述过我家乡的稻草垛吗？许多好事、丑事、可怕的事都发生在那些稻草垛下。它们终年立在那儿，知道许多人所不知的秘密：见不得天日的定情、氏族间的仇杀、不得已的堕胎……）等刺刀拔出来时，局势突变了。这日本兵看见刺刀尖上有鲜血，在初冬的夜色里冒起细微的白色热气。日本兵又扎一刀。这一刀下去，血便从刀尖往下滴了。稻草垛却抖也不抖，不出一声。十分钟后，所有日本兵围住村里二十多个稻草垛，刺刀从四面八方捅进去，没有一刀不见血。一个个稻草垛还是如常地沉默，没有一根草哆嗦。翻译开始喊话，说想活的快出来，马上要放火了。稻草垛不动、无语，如同惯常那样，吃进多少秘密，却从来不吐。汽油泼上去，火虎啸狮吼地烧起来。日本兵拄着长枪，看火中的稻草垛先成金的，后成红的，最后成黑的，灰白的草末灰动弹起来，在稠腻的冷风里起舞。空气都是血肉焦煳味，饥饿了几天的日本兵趴在地上呕吐出胆液。他们不必去查点，也大致清楚这场杀戮的战果。而他们一点也不得意，为着什么不可名状的理由悻悻、沮丧、窝囊。人们最终也没有勇气揭开一个个成了灰烬的草垛。他们心照不宣地拭去刀尖上未干的血。一个村的女孩被他们歼灭了，这点他们心里有数，但她们那样温顺、沉静地接受了灭亡，他们为此失魂落魄。接下去，他们放弃了对整个村子的烧杀掳掠，深一脚浅一脚地开拔了。这是他们在侵略中遭遇的最不寻常的一次抵抗。

乔红梅写到这里，发现两眼胀胀的不再看得清字迹。她从来没想到会为自己的村庄如此自豪。她从来就没有发现二百多个牺牲的少女如此震撼她，也没有发现她们的牺牲有如此的意义。是她赋予她们的意义吗？或者原本就存在的意义被她突然追寻了出来？

这人在读了她的故事后只回了一句话：面对这样一个故事，我完全哑然。

她想告诉他，她从来没把这个故事告诉过别人，甚至没有告诉过她的丈夫。她不知为什么。或许在她为它找出意义之前，它只是所有抗日战争惨烈故事中的一则。她没有向格兰讲述它，因为她向他撒了谎，就像她对不少人撒谎一样，只想为自己捏造一个出生地，内蒙古、西藏都行，都远比那个缺见识、缺胸怀的小村庄强。她对格兰谎称是黄山人，她想用黄山的伟岸替代小村庄的小家子气。

乔红梅却克制了自己。她只向这人原原本本把村庄的历史讲下去。她说村里自从少女绝迹后，对女孩的态度完全变了，再不叫她们“赔钱货”。牺牲的二百一十三位童女成了全村人的护身神明。他们开始重女轻男，送女孩子进镇上的学校而剥削男孩子的劳力（再一次证明村民们的狭隘和愚蠢）。村里渐渐有了女孩远走高飞的风气。去镇上念书的女孩们，很难再回去嫁村里的男孩。她的母亲家境太差，没有去镇上念书，因此母亲的梦想，就是养一个女儿，送去镇上念书。

这人说：我现在正看着你，两眼乡愁，心里有一点疚痛。你为自己大动感情感到莫名其妙。你难为情了，把脸掉转开。

这人“看到”的竟大致准确。乔红梅说：谢谢你的耐心，听我讲了一个离你十万八千里的故事。知道美国人不喜欢悲剧，我丈夫就不喜欢。她一想：不对，我这算什么？讲格兰坏话吗？便删掉最后的句子。

乔红梅走进图书馆是下午四点。她按事先想好的路线，径直往洗手间方向走。两台饮水机，一高一矮，她选择矮的那台。水形成一个很好的拱形，她的嘴唇破坏了它。她眼睛向身后扫了一圈，没人跟着她。她向左走，一边抽出面巾纸擦嘴上和面颊上的水。三十步左右，她一共瞥见六个人。都不可能是他，太年轻。这样一走，她已巡视了五分之一的图书馆面积。一个女人跟她悄声“Hi”，她也悄声回应。这座大学城一共不到十万人，在图书馆常常碰到熟面孔。她继续走着，似乎是找人，又似乎是找位子。又是五分之一的面积。加上她从门口走到饮水机，多半个图书馆已被她搜查过来。她站下来，迅速感觉一下，身上是否有一份灼热的注意力。似乎有的。

她找到一台电脑，坐下来飞快地打开邮箱。

这人说他看着她款款走来时，就试图把她昨夜讲的故事和她联系起来。他有一点明白，她是怎么回事了。他说他从来没见过像她这样一份对故乡沉重而扭曲的爱。

乔红梅想：他把它叫爱，好吧。

他说沉重和扭曲给了她独特的仪态。或许这正是使他欲罢不能的原因。他就那样看着她在草坪上走，并不是存心埋伏她，渴望使他不由自主。他看她从公寓的大玻璃门出来，在草坪上和一个牵狗的熟人寒暄，说天气有多好，希望它好下去。然后乔红梅给了狗一个甜蜜抚摸，看得出，她和动物相处得自然、舒服。她抚摸狗时，长围巾坠落到地上。他说那条围巾使她原本没有想法的一身装束一下子有了强烈的宣言。那濒临灭绝的图案和染色使偌大一片草地苍白了。那红色让他想到古印第安人织地毯时，把一种甲虫碾碎而得到的红色浆液，那样饱和，看上去都腥气。它和任何一种红色都不同，就是古老的性本身。（看来他对古印第安地毯也有兴趣。）乔红梅就这样一步步走来，身姿依旧谦让而躲闪，背向那座苍白的布尔乔亚公寓楼。它的十六层楼里住着这所大学的十多位教授，过着苍白的生活。

他连楼里有几位教授都摸清楚了。乔红梅向四周看一眼。旁边一个男孩在捂嘴大笑，正和看不见的谈手聊得火热，据说他们在网上可以开 party，十多个人七嘴八舌，空间距离几千英里。

这人说他对自己感到吃惊，竟会如此无情地丢弃他一贯的行为准则，屈从渴望，干着不大上台面的事。草坪四周有些长椅，他坐在某一把长椅上。在她与他距离缩短到二十米时，他对自己说：好吧，让我登场吧，只需站起身，朝她伸出一只手。但就在离他五步之遥时，乔红梅忽然向身后的公寓大楼转过身，朝十六层的一个阳台扬了扬手。他看见她手势家常，笑容也很家常，充满对眼下生活的安全感和麻木。从他的角度，他看见一把未撑开的淡蓝遮阳伞和白色塑料桌椅，她的丈夫伏在栏杆上喝早晨的最后一杯咖啡。因此他没有起身，与她正式开场。也许他还要再等等，等渴望造成的没出息感觉过去；不仅渴望，还有些不可告人的朦胧企图。他坦白地告诉她。

他怕他从文字后面走出来会控制不住自己。你身上有对男人的默许，庆幸的是只有极少数男人看得到它。

他语气又变得相当“尼采”了，乔红梅想。

走过他的长椅，她的苹果啃完了。她把苹果核扔进一个垃圾筒，掏出皮包里的纸巾，擦了擦嘴和手。牵狗的熟人走回来，她背转身去，希望别再寒暄第二次，却失败了。首先狗不让她混过去。狗竖起身体，两爪抱住她大腿，热忱里藏着不可告人的朦胧动机。她呢，跟狗的主人都不去识破那动机，只说这样的早上真好！

这人断定乔红梅认识狗的主人有多年了，双方都严密控制关系的进展。他说乔红梅从垃圾筒转身的一刹那，便是另一个人：随俗、近情理，尊重小布尔乔亚的苍白友情。他说谁能想象呢，她这样一个女人从那么个小村落里走出来，那个曾把二百一十三名少女供上祭台的村落，那个让女儿们远走高飞的村落。

她告诉这人，她感谢他让她好好认识了一次自己。她说他的洞察力，那近乎神准的感知能力，使她第一次产生敞开自己的愿望。她的秘密不仅对别人是秘密，甚至对她自己也是秘密。她说有些秘密是必须守口如瓶的。第一次意识到她有了那样的秘密，是一九七七年，她十一岁。还是冬天，还是稻草垛。八个知青全走光了，仅剩的一个是男孩，十九岁。他常躺在稻草垛上吹口琴，吹累了就对村里的孩子们讲南京、上海、美国。他讲着讲着会突然停住，有时嘴里还含着半句话。他这个时候的样子很奇怪，眼睛挨个看着这群乡下孩子，像是一分钟前刚降落到他们中间。然后他用完全不同的口气说：你们多幸福，反正生长在愚昧之中，也就感觉不到了。

他说哪天起火就好了，把所有稻草垛烧起来，然后就再没有绊住他的这个愚蠢小村庄了。他在所有同伴离开之后又耽了一年，骂骂咧咧，胡子拉碴，三天抱病两天卧床的一年。这一年那个叫红梅的小姑娘从他嘴里听了许多故事：美国有个林肯；英国有个培根，还有个拜伦和雪莱。不论他向孩子们讲什么，都会突然转回来，用他所讲的来映衬小村子的渺小、可怜、无知。就在他开始认命时，发生了一件可怕的事，他被烧死在一个稻草垛里。谷场上的几个稻草垛那一夜全烧成了灰。因为有人看见他诱拐了村里女孩，不止一次，他和女孩们消失在柔软的稻草里。

村里的孩子们对他永远的消失黯然神伤了许久，表面上却是仇恨他的。女孩们会哼唱他留下的口琴曲，并不知道那全是俄罗斯民歌。

乔红梅说：多奇怪啊，你看，我在见到格兰的一刻，突然想到了这个男知青。

现在她要这人来看看第一次出现在她眼前的格兰：四十九岁，两鬓有些白发，却长着小伙子身段。和所有外教不同的是，汤普逊教授的自信、成熟。那是乔红梅做走读生的第二年。格兰·汤普逊走进教室，背挺得笔直，竟无树大招风的顾忌。他朝学生们说了声中文的“早上好”，然后他说他会的第二个中文词是“打开水”，第三个词是“肉包子”。说到此他停下来，等待着什么，几分钟之后，他说：“你们怎么没笑啊？刚才我给你们时间是让你们笑的。”他告诉学生们，他有个在中国任过教的同事，回到美国警告他，“打开水”是最重要的一个词，不然就会错过一早在走廊上送开水的服务员，连咖啡也喝不成了。“肉包子”也很重要，不然炊事员会给你没肉的实心馒头。他还会一句中文，“我爱你”。他看着学生们瞠然的脸说，他学会它是为了记住它并绝不去说它。也是那位同事警告他的：一旦你对某女生说了它，你在中国的日子就惨了，血淋淋了。他用的是英式粗话，“血淋淋”在此处一下子去掉了他的书生气。他说同学们一定要提醒汤普逊教授，尤其可爱的女同学们，千万别让他脱口说出“我爱你”来——他可是个唱情歌的老手。

乔红梅写到这里，意识到自己在微笑，对着她自己笔下的格兰。她意识到格兰是极富吸引力的。她对这人说：你无法想象我听格兰吐出三个中国字时的感觉，“我”“爱”“你”三个字超出了他嘴巴的掌握，他的样子于是像个孩子。格兰舔舔嘴唇，听一个大胆的女生纠正他的发音。他又来一遍。乔红梅简直不敢再听他说。那些字眼在他嘴里是生涩青嫩的，正因为此，她不忍去听。她到十多年后也不能解释她当时的感觉，是不忍看他四五十岁一个教授当众耍猴，还是不忍看他不知深浅的天真。

大家笑得很响亮。乔红梅却没笑。她想她究竟对什么着迷起来了，她从来没见过这样的男人，傻乎乎一上来就把自己亮出这么多。从此她想接近他，替他排队打乒乓球和网球，为他去医务室窃取酒精（他用酒精做干酪火锅），带他去胡同里拍照，带他去西单挤服装夜市。她似乎忘了自己是个中尉军阶的军方翻译人员，也忘了自己有丈夫，婚姻美满，费了九牛二虎之力从南方调到了北京，并刚刚分到一居室住房。她知道她的处境在一天天严峻起来，女同学们别有用意地问她某件新衣服从哪里买的，当她回答它不过是西单夜市的舶来旧货时，她们会装腔作势地称赞她的眼力，并纷纷请她再跑趟腿，代她们买件类似的回来。

一次在食堂吃饭，格兰走进来，坐在几个女生中间。他说外教食堂没饭了，大家是否能赏他一口。女生们争着去卖饭窗口排第二次队，买回十几种菜来。这时她们发现格兰眼一亮，人从凳子上欠起身，回头一看，是乔红梅走进来了。汤普逊教授嘴上在和她们瞎逗，眼睛一直在乔红梅身上。她们恍然大悟，他突然到学生食堂来，是为了见她。她们以瞧好戏的心情，邀乔红梅坐过来一块儿用餐。那天乔红梅恰巧很朴素，白衬衫、绿军裤。不一会儿，格兰问乔红梅："你看你袖子上沾了什么？"她说："噢，墨水。早就有了。"女生们一声不吭，听他俩谈话。格兰又问墨水怎么会到袖子上呢。乔红梅说是她画上去的，考试考不出来，就在袖子上画圈圈，最后画成了一个墨团子。格兰说可以洗掉的，她说不可能，她什么办法都试了。大家眼睛看看汤普逊教授，又看看乔红梅。她们想，肯定有弦外之音，却又听不出它究竟是什么。汤普逊教授这时说："你试的方法不对。你把它给我，我给你洗。"

女生们全抽口冷气。

格兰什么也没意识到，又说："你把它交给我好了。明天我保证还你一件毫无污点的衬衣。"

乔红梅对格兰的坦然是有所了解的，但坦然至此，她还是措手不及。她含着一口饭，脸憋得通红，然后说汤普逊教授该改行，改开汤普逊洗染店。

格兰认真地说他做惯家务，到中国来家务少了，反而觉得没事让他打打岔、分分心。他说：不信你们看，我保证不像我看上去这么蠢，至少衣服洗得很地道。

女生们不久都告辞了，把十几份菜留给格兰和乔红梅。两人冷了一会儿场，乔红梅知道坏事了。

乔红梅告诉这人，那是她和格兰关系的转折。

她对着女同学们孝敬汤普逊教授的一桌菜，看了格兰一眼，说："这下我们怎么办？"

她当时不知道这个意义含混、情绪暧昧的句子营造出一个秘密空间，不仅区分出内与外来，也对两人形成巨大压力，逼他们尽快标明事情的属性，以及彼此的名分。

格兰像孩子那样看着她："我讲错什么了？"

"你真的要给我洗衬衫？"

"真的。"他还不明白哪里不对劲。

"你没救了。"乔红梅说，心里从来没有过那样奇异的感动。她真想冲动地摸摸这老儿童的脑袋，告诉他心里想什么，嘴巴千万不能说。他心里一定是把她看得十分亲近，于是他当众就把这亲近拿出来，给大家看。

"我不可以为你洗衣裳吗？"他问。

她反问："你会给其他女同学洗衣服吗？"

他说："那得看谁。"

她追问："谁呢？"

他说："讲不清楚。感觉上我会去做，就去做。每个人给我的感觉不一样。"

乔红梅在键盘上敲着，告诉这人她从那天起知道什么叫

“孤立”。格兰却仍请她在课堂上朗读课文，夸奖她发音准确，有时夸得过火，超出一个老师对学生的夸奖，比如他会说：哇，多优美的嗓音。她心里想，格兰不过是坦坦荡荡在跟着感觉走，却让她吃尽苦头。每一个同学，无论男女，都认为她命也不要地在勾引教授。她对这人坦白，十多年过去，今天她明白，当时她确实在追求她的教授。追求从第一堂课就开始了，她的追求不紧不慢地向格兰撒出一张网。她不能没有追求，她是个追求男人的女人。她的前夫也是她追求来的。她说她知道自己是那种祸水式的女人，不停地兴妖作怪，至少内心如此。追求起来，她像男人一样无畏、不计代价、不顾后果。她又补充：我指的男人是当年的格兰，下面我会告诉你，他的追求有多悲壮。歇口气，乔红梅又来一句：没想到我们追求到的，就是今天的彼此。

看来你失望了。这人插话说。还是少一个字母的“失望”。

是的，又有一点上当的感觉。从我的小村庄到了南京的军校，不多久，我就体会到这种淡淡的失望。小村庄外的世界，远不如那个男知青讲述的那么大，更不如我想象的那么大。我还想看更大的地方，我指的是未知的，像格兰刚出现时，每句话、每个行为，对我都打开一片未知。就连他最小最不经意的一个动作，比如系鞋带时嘴里叼着太阳镜，端相机时把棒球帽檐往脑后一推，拿起膝盖上的餐巾轻抹嘴角……我就是在一个此类小动作之后，明确地知道，自己爱上了他。

这人问她是什么动作。

乔红梅心里一阵温暖。她在刚与格兰恋爱时，常会有这样一股暖暖的柔情在心里一涌而过。这熟识的温暖此刻已显得相当陌生，似乎有很多年没出现过了。她把这感觉告诉了这人。她接下去讲述起格兰请她去建国饭店的那个晚上。那是在她被同学们孤立了近两个星期之后。对晚餐丰盛与否她已经记不清了。应该是丰盛的吧，格兰在中国时，往往为他们两人点六个人的菜。饭后送来了账单。注意，下面就是要细看的镜头了。格兰并没有停止嘴上的轻声谈笑，眼睛也没离开她的脸，右手伸到西装左侧的内兜里，抽出一个黑色皮夹。他还是那么漫不经意，以食指和中指钳出一张信用卡，向上一抽。动作小得不能再小，却是挥金如土的动作。他跟她还在谈、谈，偶尔纠正一下她的英文语法，总是温存地道声对不起。服务员把单子又捧了回来，他从口袋里拔出笔，落在账单上。只看见他手腕动了几下，再有力地往斜上方一提，完成了一个签名。完成的，是一个来自最富有国度的、神气活现的形象写照。是不在乎金钱的有钱人的一记手笔，给她一个关于钱的全新概念。她在想，一个国家得多富有才能养出这样一种对钱的翩翩风度。她不明白这动作怎么给格兰做得那么好看，那么美国式。回去的路上，他们乘公共汽车。那是八点多钟，天刚黑透。格兰嘴里呼出淡淡的酒气，和餐后的咖啡味混在一起。星期日晚上，人们赶车回家，车拥挤得很。她和格兰面对面站着，酒意在体内膨胀起来。她在车子猛一晃动时拉住格兰的手。就像合了闸一样，淤积的滚热酒意一下淌散开，疏通了。

她对这人说，到今天她都为自己的鲁莽、情急、不顾脸面而惊讶。那时她想也不去想，她和格兰的出路在哪里，她只想在那一刻爱他。她要把那一刻的格兰攻打下来，划属给自己。她说格兰回答了她，成全了她。他的手反过来紧紧握住她的。不久，格兰的手顺着她赤裸的手臂摸上去。他的手指变得冰冷，最后停在她连衣裙的领口，她的锁骨上。她告诉这人，即便是触摸她女性的最核心点，也不会有这触摸引起的反应强烈。她体内出现一种昏暗的动作，一种朦胧的张弛。她说：哦，你可不知道它多么好，又是受罪，又是享福。

这时乔红梅觉得有点异样。转过脸，见她邻桌的男孩正看着她，撇下了网上胡聊的一帮人。她在他眼里是个网上来思春的女人，两颊红潮，目光涣散。她马上离了线，快步走出图书馆。男孩在大门外追上她，问她要不要大麻，上等货。原来他把她当成毒瘾发作，乘机敲她一笔。

回到家乔红梅便接到石妮妮的电话，说她出了事。石妮妮是学校音乐系的学生，也和乔红梅一样，拿一个学位又拿另一个，靠奖学金开工资。她比乔红梅小五六岁，常说要拿下某个富翁。对于她的终极目标，妮妮很磊落，碰上打她主意的男人，她会说：别费事了，你反正是跟我玩不起的。妮妮嗓音很高，又脆又甜，是美国人讨厌的那种不性感的小女生嗓音。这时石妮妮却忽然降调，声音里一多半是呼吸，吹得人耳朵眼痒痒。她说：告诉你吧，我拿下了一个三十二岁的百万富翁。

乔红梅说：好样的。

石妮妮的年轻的富翁拥有高档男装连锁店，全欧全美全世界的富翁都买他的衣服。他马上给了石妮妮一份活儿，在他的一个分店做经理。年轻的富翁虽然领导服装潮流，却喜欢留长直发、穿牛仔裤的亚洲女孩。因此石妮妮说她一屋子半遮腚的短裙统统作废。她吵个不停，嗓音又高上去，说上一个富翁给了她一副又白又齐的牙，这一个不知会不会替她修修脸上的暗疮。

乔红梅笑起来。石妮妮的优点不多，但十分突出，上来就会告诉别人她又自私又庸俗，嫌贫爱富，不够资格的躲开些，免得受她祸害。她知道自己在大多数人眼里是块笑料，但她不在乎。

乔红梅说：妮妮你来电话正是时候。

妮妮马上说：你有事求我就免开尊口。

她不理她，只管说下去：妮妮，我这事还非得你帮忙不可。

你不知道我这人从来不帮别人的忙？

你到网上帮我发一封信，装作孤苦伶仃、饱受创伤。

我是饱受创伤，妮妮说，她自己也笑死了，说吧，乔红梅，你要我去祸害谁？

就发一封信，说你在一个偶然的场合见到他，不知怎的特想和他谈谈。乔红梅把信箱和信的主旨交代给妮妮。这是她灵机一动的想法，想改变一下她在这场周旋中的被动地位。

妮妮问要不要放上一张她的相片。相片上暗疮反正看不出。她说。对了，给一张全身的！妮妮大声叫道，我的玉腿玉胸怎么样？没得说吧？

乔红梅不同意，说妮妮的全身照太色情。

妮妮问：这个人是谁？

乔红梅说：一个富翁。

妮妮说：我拿下来算我的?

算你的。

夜里石妮妮来电话，说“富翁”没理她。

妮妮把她的电子邮件转发过来，乔红梅读了两遍，认为基本是那个意思。她指示妮妮，放一张直长发、牛仔裤的相片上去。

放下电话，她见有他的新邮件来了。

他说他在想象她现在在做什么。子夜，杯子里是茶还是酒?

她捧着茶的手紧了一紧。

他说他看见她在宽松的起居袍里，头发一半在领口里。他说他喜欢她所有的形象。柔软宽大的衣服下面，她小小的胴体使他痛苦。

乔红梅一阵燥热。

他说一些感觉落实成文字就不是那么回事了。这是他正处的困境。他想传达给她的，是从感觉到感觉，中间没有文字自以为是的诠释。滋味、气息、触碰……文字怎么可能讲得清？舌尖舔在一颗剥去皮的葡萄上的感受，那感受只能是舌尖和葡萄之间的；那一舔感受到的圆润、半透明的质地、多汁和成熟、独属葡萄而不属于任何其他物质的滋味……他说他已经把它写走样了，已是他强加于没有文字的舌尖和葡萄的感觉了；这感受是舌尖和葡萄间的一个秘密，只有它们自己知道。文字永远嫌慢、嫌笨，太过实在和具体，太过生硬和粗暴。她的嘴湿润起来，胸脯似乎在变化。

想象一下吧，他说，舌尖碰到的是一块细腻腻的奶酪，或一滴三十年的红葡萄酒，或一颗激情的乳头……这之间，感受一言难尽：那秘密近乎罪过的感官狂喜……他说文字太令他失望，一写就背叛了感觉。但他相信，她悟到他在说什么，这是他和她之间的秘密。正如舌尖与葡萄、与酒、与乳头间的秘密……

她不知自己怎样下了网，回到卧室。格兰还在读学生的读书报告，在一蓬灯光下显得那么祥和。一缕灰白头发耷在他额上，面部线条十分鲜明。他搂了搂她，吻一下她的耳朵。全是日常俗礼，舒适而麻木。她却不知为什么拉住他的手，把它搁在自己胸上。格兰很久没有这样和她做爱，回到十年前似的。完毕后他问：你没事吧？口气很担忧。

她心里惭愧至极。只要格兰不出声，就不再是格兰。她怎么会这样下作？肉体其实已私奔得那么远。

她一夜没睡，清晨五点起床，给他写信。

她说她感谢他的出现，使她自以为遗忘了的感觉又回来了。他打开了她，从心灵到肉体。但它已发展得可怕了，她不能拿它做毒品。她将更感谢他的消失。

早餐之后，他已有回信来，问她是否打算换网址。

她避开提问，说希望这是最后一次读他的信。

他说不管怎样，他会常常看她从草坪上走过。

她不再说什么，最后狠狠击一下键，下了网。

她下午有一节课，匆匆抓起书和笔记本，向客厅走。格兰不知什么时候走了，留了一份午餐给她，是快餐店买来的三明治。她打开塑料保鲜薄膜，嫩粉色火腿在两片黝黑的麸皮面包中间，伤口一样裂开。

乔红梅走上草坪时停住了。她四处张望，然后目光定在十六层的公寓楼顶。那儿是这座大学城的制高点。

她跑回去，却发现通往楼顶平台的大门上着锁。她很快在地下室找到楼房管理员。他非常客气，问她上平台有何贵干。她说看看风景。他说恐怕不行，他无法向住户协会交代。她说她不去自杀。他笑嘻嘻回答说那谁知道。她说：不放心，你和我一起上去。他两个眉毛一挑，表示她的邀请很妙，他很领情。紧接着他又回到空服员那种永远不想跟你混熟的微笑，说他可不想上那儿看风景。他话锋一转，谢谢她为公共洗衣房捐的书。洗衣房有个烂书架，谁有旧书就放上去，供大家在等衣服时读。人们常常把书拿回家，又把家里的书换上去，因此形成一个方便的小周转。

乔红梅问他怎么知道她捐了书。

他说因为她捐了许多书。

她说书上并没有她的名字。

他说：一定需要名字吗？他眼神忽然变得很神秘。黑眼睛。黑头发。个头五英尺九英寸左右。乔红梅在下课时开窍了，那个密语者可能是谁。楼房管理员的形象和早先的文字形容相符，并且他了解每家每户的背景、经济状况、感情局面。

第二天中午，乔红梅看见管理员从草坪上走过，手里拿着一份三明治。她坐在自家阳台上，戴一副太阳镜。管理员的马尾辫被风吹动起来，顿时添出一点哀婉的风流感。你看，我也可以把你锁入我的瞄准焦距。遮阳伞稍微倾斜，阴影特别理想。你看，我也能待在暗处，而把你亮在明处。管理员坐了下来，坐在被鸽粪涂得花斑斑的长椅上。看来他要在乔红梅的瞄准中吃午餐了。她和他成了大俗套凶杀片的典型镜头。

她轻轻晃动二郎腿。

他却没打开三明治。从十六层楼上的位置看，他是顾盼的。他在等一个人。她看管理员不断看表。她也看一眼表，十二点五十九分。毒贩子一般会准时到达，管理员的脸色是轻微的吸毒者的。

一个女人走过来，红色头发，胖而高大，像个生过一群孩子的好心爱尔兰主妇。她手里也是一份三明治。这个自由民主的大国人口众多，却只有那么几样餐点。一个被快餐统一的联邦。女人和管理员边吃三明治边读几页纸。不久，他们的手动起来了，在腿上打着节拍。乔红梅从椅子上站起，伏在阳台栏杆上。

他们在排练一段歌剧。是两个业余演员，在本地歌剧团跑龙套。唱得来劲，女人肥壮的大巴掌在管理员背上一通拍。管理员够忙的，却还有一份闲心和人密语。

她见两人分手，便赶紧下楼去，走入地下室时，他正从洗手间出来。看见她，他向后一个小小的趔趄。乔红梅一乐。看，我也能杀你个冷不防，也让你惊得趔趄。他不失礼貌地暗示她，他是有门铃的。她说：真对不起，失礼了，可门是大开着的。他说：又要去看风景？他这回笑得放肆了一些。她说她的钥匙丢在家里了，能不能借用一下他的计算机。他以歌剧龙套的姿势，向她摆出一个古典邀请。

她盯着他。眼睛：深棕；头发：黑色；耳朵：偏小（但轮廓优美）。她将他的特征扫描，在脑子里一一登记。

他仍藏在某个歌剧角色后面，戏腔地对她说：哪里，为你这样迷人的女士效劳，是我的荣幸。他有些紧张，表面上和她耍贫嘴。然后他走到写字台前，为她拉开带轮的转椅。她又看他一眼：这就是引发我倾诉欲的那个人？才华还是有一点的，一手好文笔瞎糟蹋在她这儿。他问她要不要来杯什么喝的。她说：随便，有什么我就喝什么。点击两下，电流在她和他的空间里吱吱尖叫起来。

她接过他递来的白水。这个骗取她信任和激情的人，秘密或公开地跑着许多龙套。新信箱一片清净。只有妮妮一封短信，打开，扑哧一声乐了：妮妮已结束了五天的浪漫史。她告诉乔红梅，一个计算机界巨富来到她的分店，一气买下几万元的西装。她被富翁邀请到试衣间里去伺候试衣，两人就地生情，欢爱一场。妮妮正要脚踏两只船，却收到解雇通知。原来服装富翁从防盗监视器里看见了妮妮和计算机富翁在试衣间里成的好事。妮妮感叹：这年头你就找不到一个绝对清净的角落！

管理员现在以一张报纸做掩体。

她向妮妮发了封短信。然后她一口口呷着纸杯里的冰水。

妮妮竟马上回信了，说她刚收到密语者的第一封信。信中他夸妮妮年轻貌美，是一切西方男人梦中的亚洲女子形象。妮妮没有把他的信原文转发，还把他当个富翁给她自己私下留着。

乔红梅看着躲在报纸后面的人。报纸烦躁地响个不停。别想赶我走，你不是盼望能有个掏心窝子的谈手吗？

突然信号亮了。她一看，头皮麻了一下。竟是密语者！怎么可能？她的新信箱只有极少数的人知道。

他上来便说她不该在那个降价花摊上买花，那儿卖出的花从花蕊里蔫起，因此它们从来不会开放。

她问他有没有必要这样跟踪她。

他说她使他上了瘾，这不完全是他的错。

她说，假如真是这样，他该从计算机后面或灌木丛或报纸后面走出来。否则，她认为她的隐私权被侵犯了，她会报警。

报纸又催促了，还有哈欠声，咳嗽声。他的嫌疑被排除了，又回归到他乏味的楼房管理员位置。

这人说：你干吗要这样对我呢？以报警来还我的一片痴心吗？

她看见他悲凉的微笑就在字里行间。

她回答说：你让我感到无藏身之处。不，你简直让我无地自容。

他说：对不起。

她说：假如你不肯消失的话，我可以请警方布置埋伏。警方会有兴趣的，男人绑架少女、女人，最近可是热门。

没有回音。

五分钟后，回音来了。

“你凭什么断定我是个男人？”

乔红梅瞪着这行字。

管理员说：需要我帮忙吗？他也感到蹊跷了。

她开始回答。假如她这辈子会和人撒泼耍赖骂大街，也不过是她现在的样。她感觉恶毒粗俗的表情一个个在她脸上爆破开来。她不断吹开披到脸上的头发，嘴唇不断抽动。一个女性密语者？乔红梅以文字踹开对方的大门，一把揪住对方的头发，一路拖将出去。许多脏话她也不知拼写得是否正确，也顾不上计较了，只管唾沫横飞地骂。她停下来，把杯子搁到嘴唇上，里面已没水了。她想这人玩她玩成这样，玩得她半疯，体面都不要了。她慢慢删去漫骂，敲上一个冷冷的句子：“你我之间出了原则性误会。我是个正常的女人，是只会爱男人的女人。”

她下了网，站起身。

报纸稀里哗啦地倒塌下来，露出管理员知情的面孔。他把她“啪啪”铺天盖地的大骂都听了去。原来他挺本分地扮演着他小公务员的角色，并不想暗中与她拍档。他客套地送客，告诉她一旦住户协会开会，他会代她请愿。她糊涂了，问请什么愿。他说：楼顶的钥匙啊。这是个很好的小公务员，认真负责。

她说要费那么大事，就算了。

他说不费事的。他音调一变说：你到底上去想干吗？

她问：其他住户上去干吗？

修天线。他答道。

她说：你看，假如我也说上去修天线，你不马上就把钥匙给我了吗？

他说：对，你就该照这话说。你实际上想上去干吗，我不想知道。

她笑一下：我不会上去自杀。

他也笑笑：我能信赖你吗？

她说：你当然不能。

他做个鬼脸，自认为听懂了什么双关语。

保险起见，她问他“失望”怎么拼写。他用嘴拼了一遍：

disappointment。一个字母不少。嫌疑完全排除，他被无罪开释。

这人开导起乔红梅来，说她应该没问题的——接受一个女人的慕恋应该是安全的。

乔红梅说：我已经知道你是谁了。当你在偷窥别人时，请别忘了，你也在别人的窥视中。这倒不完全是胡诈，石妮妮买通了一个哥们儿，叫他在乔红梅出动时远远跟着。到目前为止，他发现有个瘦高个女人两次出现。

这人说她当然相信，她肯定一直在别人的窥视中。她说：这已成为我们当代人相互了解的手段了。接下去，她又开始教唆，说乔红梅应该试着去爱一个女人，因为只有女人才会像她一样，把感觉那么当回事。

乔红梅说：你让我作呕。

过了五分钟，她又来了，说：两次婚姻，你还不够吗？和你现在的丈夫，你不也有种上当的感觉？为什么不试试女人？不然你哪会知道你此生错过了什么。

乔红梅说：我马上会看你好好地现形。

这人又沉默一会儿，说：就为了找到一点线索，把课也误了，那可不值。

乔红梅想，她误课的事她居然也知道。在键盘上，她却跟她玩诈："不管怎样，我很喜欢你的气质。你的发式也很合我的意，还有你的装束。一切都很好，都不会让人想到一个偷窥者。"她又想到妮妮哥们儿的一点重要情报，说高个女人有点跛。她接着写："你的步子也很有风度、很独特，干吗不堂堂正正，从漂亮的文字后面走出来？"

很长一段沉默。

乔红梅觉得她和对方是黑暗中两个拳击者，摸索着步伐，无声地打转。都知道此刻出不得空拳。

果然，她有了反应，问乔红梅是否把她曾告诉她的话当成了胡诌，比方，有关她那失而复得的女儿。她说无论乔红梅把她想象得怎样鬼魅，女儿确实存在。女儿如同一处内伤那样，时时作痛地存在。

为了证明她的真实性，她发来一系列相片：一个女孩从婴儿到十来岁。一个脆弱敏感的女孩。

乔红梅被触动了。女孩的眼睛是老人的，并那么触目惊心地熟悉。她把一张张相片仔细审视，想记起这眼睛是谁的。她几乎能肯定，她见过女孩的眼睛。看着看着，她心惊了，另一双眼睛透过女孩直视她。凭直觉她感到这人（不管是男人还是女人）的确有这么个女儿，也的确有一场以女儿为中心的悲剧。

她回信说女孩非常美丽，却有种不幸的氛围。她说：女孩的眼睛我似乎在哪里见过，不，不是似乎，我肯定见过。

这人回答说，她多年前失去女儿，是因为她犯的一次过失。把女儿从学校劫持出来，藏匿了几个月，从此便失去了对女儿的监护权。

乔红梅再一次感到那真切的创痛。直觉告诉她，这人的创痛不止于此。

她问：你女儿上次回去后，常给你来电话吗？

这人说她女儿到最后也没有完全相信她。

乔红梅问：你要她相信你什么？

相信我爱她，从来不想伤害她，不管我做过多少蠢事。这人答道，正如我不愿意害你。假如你愿意，我可以从此退出去，永远不再打扰你。

不再把这个人当成“他”之后，乔红梅的确感到安全了一些。走路时她会突然止步，看身边是否有个高个子女人出没，却从没发现任何异常。她开始恢复往常的行动路线，去图书馆，去学校，去购物中心、超市。好多了，似乎不再处于一双多少带些兽性的目光射程中。

她发现自己常对着密语者的来信发呆，想象她躲在哪一片昏暗中，把她看得那么仔细。她留着女同性恋流行的短发，戴一副无框眼镜的面部线条偏硬，有双和那个女孩一样的深不见底的黑眼睛……

乔红梅告诉这双黑眼睛，她是个怎样的人：屈从本性，易于沉溺感官的享乐。十多年前，为了公共汽车上格兰那一记触摸，她什么都豁出去了，廉耻、名誉、婚姻。一个晚上，四个全副武装的军人把她从教室带走时，她像壮丽爱情悲剧中的女主角那样，回头朝格兰宿舍亮灯的窗口长长望了一眼。

那是十一月初，北京最寒冷的日子，供暖要在十几天之后才开始。她背后是二十多个上晚自习的同学，看四个军人前后左右地包围着她。一辆军用吉普车停在楼梯口，她知道那就是带她走的车。她是翻译一般文献的翻译人员，在这当口可以被定罪为泄露中国军方技术秘密。吉普车把她带到郊区一片野地，她想，不知格兰此刻在做什么，是不是在“老地方”等她；或等不来她，正失魂落魄地四处找她。不久同学们会告诉汤普逊教授，那个叫乔红梅的女学生去了哪里。去了一个或许永远回不来的地方：野地里几排简易营房，其中一间做了临时女囚室。

四个军人把她带到一间灯光雪亮的大屋。等在里面的有三名军官：一名副团级，两名连级。讯问开始了。她坐在被审的位置上，两只冻痛的手握成拳。

他们问她对汤普逊教授什么印象。她回答：博学、正直。他们说他在把你提供的秘密情报发回国的时候，对你的印象只有一个词：独特。

她说她从来没有提供过所谓秘密情报。他们谈汤普逊教授在给美国寄的信，已被破译了，里面有大量情报。她说绝对不可能。她费了许多口舌，要他们看清一个简单事实，她从毕业到目前，从未接触过任何有“秘”字可言的文件。再说，她的主项是将西方战争报告文学翻译成中文，她有什么秘密情报可出卖？

审讯持续了一个月。她严重缺乏睡眠，胃口下降。

还是那几句话，问过来，答过去，局势僵得一塌糊涂。到了第二个月底，他们停止了讯问，而要她把她和汤普逊教授的接触全写下来：每句话，每个动作，每个细节，按日期无一遗漏地记下来。

乔红梅告诉密语者，在她书写三百多页的“忏悔录”时，她对自己有了一次突破性的发现。她发现她是个很难从一而终的女人。她很难知足，碰上一个新异的男子，她会忘记一切地追求。所谓新异，是能给她神秘的未知感，把她已知的命运打破的人。她说，对她这样一个小村庄来的女孩，她向往遥远，向往一切不具有本地意味的事物和人物。当格兰以奇妙的声调在课堂上说出“我爱你”时，她就开始走火入魔：这三个中国字给他一说，像是突破了它自身，成了语言表达的一个创举。她说：格兰，这个年长我二十多岁的美国男子，打破了我已知的世界，打开一片广漠的未知。在那片未知里，每一个眼神、每一个触碰都有那么好的滋味……当我们最后的防线崩溃时，我觉得我可以为之一死。

乔红梅说，或许那二百一十三位少女的知觉都附着在她身上了。可怜她们不知她们永远错过了什么。

这人读完乔红梅的信后，问她后来怎么和格兰重聚的。

两年后，她打了个越洋电话到格兰的办公室。那是她仅有的有关格兰的线索。电话里是格兰的录音，请致电者留言。她只说：“Hi，格兰……”她说不下去了，两年够多少次变心移情？她失去了军籍，失去了城市户籍，失去了丈夫和住处，在一个个体小公司做临时工。她本想说：格兰，我爱你。两年前她和他从未顾得上，也没来得及说这句澄清名分的话。她却说不出口，发现它远不如“Hi”含意丰富。

第三天，格兰出现在她办公桌前，拎一件运动绒衣，戴一顶棒球帽。若不是他肩上背一只旅行包，包上有美国联合航空公司的标签，她会认为他直接从长跑途中来。

这人说，好，像个童话故事的结尾。

乔红梅说，假如照此结尾，真的就成了很甜的童话。

她关掉计算机，纳闷地想，她怎么了，把这人当忏悔神父，还是心理医生。这是不是也是种自淫……

石妮妮在阶梯教室门口叫她："红梅，红梅，出事了！"她两只胳膊在头顶上乱舞，露出新剃了毛的干净腋窝，"那个密语者昨晚上来了信！"

乔红梅叫她讲中文，也不必那样"花腔女高音"。

妮妮告诉她，密语者是个二十岁的小女生！昨晚她对妮妮密语了大半夜，说她害死过一个人。她的五根细长手指紧抓住着红梅的小臂。"我问她，害死的是谁，她到后半夜才把事情大概讲完。"

事情是这样的，自称女孩的人在六岁时接受心理医生的催眠疗法，说出一桩乱伦案。心理医生用了两年时间，把女孩在催眠状态下提供的线索拼凑起来，进行推理和破译，终于诊断出女孩在五岁到六岁之间，开始遭受父亲的强暴。这段创伤性记忆被女孩完全忘却，又被催眠术复活。这便是女儿把父亲送上法庭的证据。法律诉讼费用使父亲几乎破产，舆论又摧毁了他的名誉。父亲在给女儿留的遗书中，要她明白他是含冤离去的，他们父女是一场迫害的牺牲品。女孩长大以后，渐渐意识到父亲很可能是受冤枉的：童年的她受了心理医生的诱导，而被诱供的证词又经过断章取义的连缀，经过想当然的诠释，得出了一个丑恶的结论。成年后的女孩认为人不可能完全忘却一段巨大创伤（不管弗洛伊德怎样假设人类记忆的抹杀力），假如这样的创伤能被忘却，只能说明它根本就没发生过。

乔红梅读完妮妮打印出来的电子邮件，目光落定在最后的段落上："这是我最后一次和你通信。我知道，我使你失望了，因为你的原意并不是要找一位我这样的女友。"

"失望"也是拼错的。少一个字母。

她问妮妮，相不相信密语者是个二十来岁的女孩。

石妮妮说她早乱了，不知该相信什么，不相信什么。

她们此刻在操场上。小城的一半人似乎都集中在这里，看一群激进学生烧国旗。离这儿两小时车程的旧金山反战已反了两个月，小城刚刚有这么一个大动作。一个学生用电喇叭在朗读马丁·路德·金的著名演讲词《我有一个梦想》。其他学生已把国旗降下来。这座大学城的公民和其他地方的一样，百分之六十五以上超重。超重的公民们此刻一声欢呼：警车到了。火同时着起来。

警车包围了人群。一个超重警官和人群中的熟面孔打招呼。学生们领头唱起《给和平一次机会》。

乔红梅心想：密语者此刻在哪里？

她回到公寓楼前，草坪上一个人也没有。人们都瞧热闹去了。恰是正午，她听得见自己裙摆在腿上摩擦的声音。她看一眼表，发现一部电梯停在十六层停了已有五分钟，并锁定在那里。另一部挂了检修牌子。楼里所有人都到楼顶看烧国旗仪式去了。这座安分的小城有看头的热闹不多。

她决定爬楼梯。上到七层，她感觉到除了她自己，还有另一双脚，也在登楼。她有意加重步子，又上几级台阶。水泥钢筋的空间，另一双脚作答似的也上了几级台阶。回音久久不消散。乔红梅感到背上一片刺痒，汗珠如同无数破卵而出的幼蚕，一点点拱出头，刹那间已爬了她全身。她定了定神，大白天她怕什么？但她从来没有经历过如此空旷荒凉的白天。她悄悄往下走，另外那双脚退得更快。她想：怎么成了我追他（她）逃了？她试着悬起两脚，用胳膊撑住扶手往下滑。于是她的速度快了三倍。也许四倍。很快，她和那人之间的距离缩短了。她不顾一切地追下去。那双脚倒也机敏，楼梯上留下一串舞蹈碎步。追到一楼，这人就没地方逃了。一楼是一百多米的大堂，搁放着临时接待来访人的三张沙发。

乔红梅没想到他（她）会钻进地下车库。她绝不追到车库去，那不是中了计了？车库在多少凶杀电影里做过理想的案发地点？

她走回去。腿软得厉害。走到四楼时，她听见地下车库的铁门响了一声，他（她）又出来了。也是一双疲软的腿，把他（她）拖上台阶。她一点点往上走，他（她）又慢慢地跟上来。

乔红梅在九楼的梯阶上坐下来。再豪华的大厦都有这样阴森的楼梯，一律的无窗，一律的节能灯。灰溜溜的灯终日亮着，照在光秃的水泥台阶上。她坐了一分钟，正要起身，闻到一股大麻的香气。楼里的正人君子被逼迫到这么个没趣的地方来过瘾。刚才的脚步不是冲她来的，不过是个犯瘾的可怜虫。

格兰没回来，留了张字条给她，说他去看学生烧国旗。他的字体飞舞起来，总算出了件让他也乱一乱的乱子了。格兰和她这几年用字条来沟通的时间越来越多，这样很省事，争吵也不会发生。

她打开计算机，手里端一杯酒，想好好和密语者谈谈。

她把那个女孩怎样加害她父亲的故事告诉了她。她写到故事结尾居然泪汪汪的：父亲留下遗书后，开车去了新墨西哥州的沙漠，在那里服了毒。他不愿女儿看到死之后的他。

等到第二天，密语者都没信来。格兰忙出忙进，为他系里的几个被捕学生张罗保释。另外几个学生要参军，他要代他们向系里请愿，保存他们的课时。乔红梅发现三天不刮胡子的格兰生动了许多，简直像又发起一次浪漫热症。

第三天，密语者还是没消息。

乔红梅坐在计算机前，感觉灰溜溜的。

也许她一再告诉她，她只爱男人，使她终于放弃了她。也许她发现乔红梅和妮妮是一伙，搭了档在作弄她。

已经是第七天没收到她的信了。乔红梅看着计算机上的空白，感到自己钻入了这个谜一样的密语者。桌面上一片混乱，桌角搁着两个杯子，里面的咖啡已干涸。计算机上有块三明治，上面有半圆的齿痕，火腿露出来，已干了，老伤般深红。她身后，书房也荒芜了，摊开的六七本书上落了一层银色灰尘。墙角的镜子上贴了许多小字条，提醒她自己该还图书馆的书，该回某教授电话，该给吊兰和巴西木浇水……窗子右上方的吊兰倒没干死，反倒蓬头垢面地茂盛，蜘蛛从那儿朝着天花板撒开一张大网。

第八天，信来了，绝口不提乔红梅的上一封信，关于那个陷害父亲的女孩。她说乔红梅顺着超市货架的长巷走来时，她几乎没认出她来。穿着白短裤和红色背心的乔红梅看上去四肢发达，每个动作都虎生生的。于是她看见的是一名PLA女军官（注：美国人对中国人民解放军的简称），可不那么好惹。她对着退役女中尉的侧影看了两分钟，想调整那个飘忽神秘的固定印象。“你跟在你丈夫身边，远比他刚劲。发式也出乎所料，你这个变化多端的女人。”

她看见她从格兰身边离开，回身去看地面上的一张广告。那是一张房屋出租的广告，低廉的租金被粗重的笔墨标在上面，还框了一圈荧光橘红。她看见乔红梅用穿白球鞋的脚踏着广告，把它转了个方向，使所有的字正面朝她。然后乔红梅伸手去够货架上的花生酱，亮出手臂上那块圆圆的卡介苗疤痕。她说那块疤痕让她心乱。讲得露骨些吧，它让她欲火中烧。

这人大言不惭，说她痴痴地站了很久，想把没出息的样子收敛起来。

她看格兰的手搂了乔红梅一把，手指在那疤痕上麻木地滑过。她想象六七岁的乔红梅，站在孩子们的队伍里，脱下一只袖管。这人跟在乔红梅身后，看着格兰搂着她向试尝食物的摊子走去。她想到七岁的乡村小姑娘梳着晒成枯草的细辫子，跟着队伍慢慢移动赤裸的小脚，表情像所有其他孩子那样懵懂，那样任人宰割。她说那想象使她生出强烈的冲动，想触碰那块疤痕——从童年到成年，它是唯一不变的，保持着异样的敏感。

她说乔红梅其实把租房广告上的价钱背在心里了。她无意中发现了乔红梅的一个秘密向往。“也可能是刹那间的心血来潮，你想有个自己的窝。谁知道呢？人往往不知自己漆黑的心底萌生着多少谋划，一个外来事物不期然地出现，突然间把那漆黑的谋划照亮了。到底是什么谋划：分居、离婚，还是偷情，你并不清楚。但谋划是萌生了。然后你走向你丈夫，恢复了小鸟依人的一贯形象。”

她说格兰在免费试吃的摊子前大声打诨。他像大多数美国人一样，常用玩笑缓解沉默带来的压力，缓解沟通危机。她说乔红梅笑了，心里却在全力忍受。连她都看见，一句冷冷的抢白，就在乔红梅嘴里。“你们的亲热令我紧张，但你够棒的，不着调的玩笑被你成功地忍受过去了。然后你看你丈夫拿起第二块糕饼，似乎从来没发现他咀嚼时会整个头皮都动起来。他一边卖力地嚼着，一边拿了第三块糕饼请你客。你笑笑谢绝了。他满足地呼出一口气，你却掉开脸，避开那股甜热的口腔气味。看看周围正发生什么。肥大的身躯推着超重的购物车，厚重的双下巴和红润的大脸蛋。食物真多啊，足以淹死这些幸运的人。滋味却单调得可怕：这些丰胸肥臀的鸡，它们从一个鸡蛋钻出到变成一堆肉只需一个月，寿命不比大白蘑菇长多少，因而滋味也就没什么区别了。你在鸡肉柜里挑拣，想找半打瘦弱些的鸡腿，却失败了。这些鸡短暂而无扰无忧的一生中，它们的脚从不着地，所有的腿按人的计算达到预期的斤两。层层叠叠排列得像团体操般的肥鸡肉体，无所谓雌雄，无所谓强弱，脑子完全空白。怎么可能有滋味呢？生存竞争的搏斗，寻欢求偶的激情，对天敌的恐惧，那一切形成的血液循环和肌肉发育，使一只鸡的生命成为巨大偶然。正是这偶然，使鸡成为鸡而不是大白蘑菇。你最后拿起一盒鸡胸，因为它们打百分之五十的折扣。你把那盒鸡胸搁到购物车上，不是搁，是小小一扔。那里面的疲惫、牢骚、无奈，我全感觉到了。你的肢体语言非常含蓄，但不单调……”

乔红梅听见格兰在客厅打电话，声音显得很年轻。他在谈第二天晚上旧金山联合广场将举行的烛光示威，网上申请参加的人有两千多了。不久，格兰兴冲冲的脚步走过来，在她门口停了两秒钟，又兴冲冲进了他自己的书房。

她听见格兰开始上网，手指头流畅地弹奏在计算机键盘上。

她把密语者的信读了三遍，一面回想那天在超市见到的所有面孔。她又让这人漏过去了。

她请她不要玩这种偷窥的把戏。

回信马上来了，问她是否有心租那间廉价房。

乔红梅真的反感起来，手在键盘上狠狠敲打：我的丈夫就在隔壁，我可以问问他，怎样对付你这样的变态狂。我丈夫已经对我最近的异常表现起疑心了。

"不会的，从我的观察来看，你丈夫觉得你们已进入了婚姻的绝对稳定期。如此地稳定，知心话都免谈。连那种充满感觉的无言对视，也免了，早就免了，早已像大多数美国人那样，用说笑填塞沉默。说笑堵死了沉默所含有的无数可能性。沉默本身不就是一种会意？大胆沉默下去，会意才可能滋长。你丈夫却已丧失了胆量去沉默。多少人丧失了这胆量？你也快了。"

密语者的话变得晦涩起来，玄起来。

乔红梅说起那个夜晚，离开北京之前。满城风雨已过去，格兰·汤普逊教授像"水晶鞋"中的王子那样，终于迎娶了灰姑娘乔红梅，欣然回国。半年后，她收到格兰寄来的机票和两套漂亮裙装。她开始做出国准备。

是十一月初的夜晚，跟两年前她被讯问的初冬夜晚很相似。她骑车来到她曾上班、下班、政治学习、大扫除、分年货的大院。风是典型的北京北风，横着吹起落叶和垃圾。她知道前夫已有了女朋友，她和他通电话时说："祝贺你找到了一个好女人，建军。"那次建军来电话是为了要她来取她的衣服、书本。

她这时告诉密语者，自从那个电话之后，她对建军的亏欠感，基本平息了。他非常冷淡，要她来取东西时最好带个帮手，否则上楼下楼她一个女人够受的。言下之意是他不会做她帮手的。他还告诉她，他女朋友可能会在场。

她骑车经过食堂、浴室、小卖部，突然想起小卖部在夏天出售的自制牛奶冰棍，因为含奶量太高，特别容易融化。建军一买就是十多根，用手绢兜着，百米赛跑地送到她在六楼上的办公室。冰棍送到时总是化了一半，建军也化了一半，水淋淋地傻笑。再过去是门诊部，值班室的灯还像两年前一样肮脏暗淡。急救车司机仍在和锅炉房老王打牌。

她锁了车，走进门诊部，拨了个电话号码。她听见接电话的人在两层楼之间大声叫喊。不久门开了。她原先的家门。建军下楼的脚步声她都听出来了，还是穿着她给他买的假皮拖鞋。

他说："喂，谁呀？"

她没说话。他已经听出来了。

五分钟后，他朝门诊部走来。军装换过了，是八成新的，头发也整理成她喜爱的样子。他说：走啊。她想也没想地跟着他走回去，上了四层楼，进了家门。一路上他问她什么时候起程去美国，她父母来不来送别。她一一回答他。对于她给他的伤害和羞辱，她装得跟没事人一样；对他给她的一切报复和惩罚，他也不了了之。

他女朋友不在？为什么不在？她没问，他也不解释。她看见那套她选购的进口家具终于来了，从订货到到货需要三年。浅黄沙发上有浮雕般的布纹；大衣柜四扇门，和国内家具比，总算不千篇一律；写字台上的台灯是不锈钢的；连电视机上的防尘布都合她的心意。在她被拘禁、失业和流离失所的日子里，这里的一切按她的设计完整起来。

建军问她吃了饭没有，没等她回答，他已去厨房打开了炉灶。他说，食堂的菜，不过正好是她爱吃的清蒸狮子头。她和他坐在小桌边，他陪她吃，谈得不多，但都谈到了痛处、痒处，于是有笑也有眼泪。原来建军可以是细腻的，不再是那个虎头虎脑、粗声粗气、不常洗头的中级军官。

他们谈起初认识的时候，他是高年级的班长。他把她的求爱信退给她，却悄悄为她买了一双手套和一套英文的《鲁迅选集》。他承认自己那时想占有她，和她出去逛马路，手碰一碰她简直是活受罪。她问他是否记得他们的第一次。他脸红了，说怎么会不记得，不是让你写到检讨里去了吗。那时他向所有人宣战："处分我吧，是我引诱了她。"两人都不语了，深深地一笑。

不知谁起的头，他们抱在了一起。很可能是她主动。她告诉密语者：这事像我干的。建军把她往卧室里抱，却在掩门时忽然丧失了体力。她的背靠着门，他的吻已经开始。他的嘴唇带一丝遥远的烟味，那么年轻，吻在她眉毛、眼睛、嘴唇上。她以十倍的疯狂回报他，他伸出手，指尖从她前额描画下去，描下鼻梁，慢慢再往下，把嘴唇也描下来。然后指尖停在她下唇上，它内侧湿润的一带，描了又描。那根撩动引逗，甚至带一点作践的手指，让她浑身抽紧。手指是建军的。感觉失而复得。建军继续他的描画，手指点到处，她肌肤上一线的火花。他眼里有泪，她眼里也有。他根本不认识这个女性肉体，另一个男人的侵入使它显得陌生而神秘。它怎么在那个外种族男性怀里撒欢的？建军觉得不可思议。最初的嫉恨和狂怒过去了，他只觉得整件事情不可思议。

她完全没想到会是这样。他们竟做得这样美满。建军原来可以这样敏感，这样懂得与她的敏感呼应。她泪流满面，心里问自己：你早干吗去了？原来你对建军是有感觉的，原来你还在爱他。

他们躺在曾经的位置上。他的泪水滴在她额上，她的眼泪湿了他的颈窝和肩头。哭了一阵，他们再次狂热起来。直到凌晨，两人累得散了架。天亮起来时，她说她该走了。她又说她不走了，再也不走了。她问：建军，假如我留下来，不走了，你高兴吗？建军不作声。催他，他重重叹口气，问她为什么不走了。

她说："因为我刚刚了解你。你看惨不惨，建军？要闯这么大一场祸，要我们两败俱伤，才能了解你。"

建军问了解他什么。她说了解他多么会爱。

他苦笑起来，说他难道不一直是这样。

她说不，不一样的，他从来不像这个夜晚那样听她讲话，也从来没有那样看着她。他的眼神，他自己哪会知道。她还想说：你也从来不像今天这样吻我，抚摸我。她知道这话可能被他听错，听成她为自己开脱罪责。

他把她抱得很紧。抱得她都没了。

她想自己到底是个什么妖孽，在和格兰新婚之时，与前夫爆发热恋。她难道只能在一团糟的关系里，才能获得满足？为什么偏偏在这个时刻，她看清她从来没有停止过爱恋建军？一个男人对她是不够的，远远不够。她总是在编织错综复杂的关系，总要把有名分的、非分的、明面的、秘密的打乱重编。建军和格兰对调了位置，变成了偶尔享受一番的情侣，仅这念头，也够奇异，够激活她所有感官。感觉好极了，一路畅通，到达每根发梢。

她开始穿衣服，建军起身替她拉毛衣的拉链。她回头看他，泪珠子飞快地往下掉。这个建军不再是曾经的建军，是她新获得的恋人，是她疯了似的爱着却马上要诀别的情夫。她内心像有若干小格的秘橱，分门别类储存着她不同的爱和情，她必得将它们施给不同的男人。

她不是个好女人，乔红梅对密语者坦白。她手上捧着一杯红色的“大都会”，薄薄的玻璃杯沿上插着一颗红樱桃。是她自己调的酒，比例改变了一些，多了点伏特加。她开始读自己刚写完的这封信，深夜和酒都使她诚实。面前是一个温和身躯，无论它是男是女，都是仁慈的、不见怪的，表情含而不露，像所有高深的神父或心理大夫。她对着这不可视的身影倾诉，感到自己不会被仲裁，只会被接受。一时间，她忘了忏悔者是她自己，而接受她忏悔的人是计算机深处的密语者。她只觉得这两人谈得很好，一个站着，一个跪着。人白天扮着各种角色，假如没有此刻的原形毕露，不是要活活憋疯？

她接着倾诉下去。十一年前，在她离开中国的前一个礼拜，她潜伏在新情人的密室。新情人是被她抛弃的前夫。最后两天，她不再和他做爱，只是紧紧抱着他，从天黑到天明。没有罪过，幸福多不真实。她把和建军的疯狂情爱珍藏起来。在下飞机走入加利福尼亚灿烂的阳光和格兰的怀抱时，笑容有那么一点扭曲。她告诉格兰她多么爱他，是真话，似乎正因为她的不贞使她更爱格兰。每个女人都因为一点不可告人的隐情加倍地给予丈夫激情和温存，每个幸福的丈夫都应感谢那些暗中存在的对手，或实体或虚幻。每个牢固的家庭之所以牢固，是因为情感走私的不断发生，良知和谎言的相互调剂，黑暗中永远存在的三角关系。

一杯酒喝完，乔红梅有了很好的醉意。

她说有一些片刻，她会大吃一惊地发现，她如此地不爱格兰。这样的片刻也常发生在她和建军共同生活的年月。这是她渴望外遇的时候。

凌晨一点半，她关了计算机，摇摇晃晃地去浴室洗漱。举起牙刷，突然又想淋浴。她心里是认账的，此刻的她有一些无耻和淫荡。但她有了一种仁慈心情，看着镜子里蠕动的曲线，心想她还是美的，就原谅那一点淫荡吧。

格兰一定要拉她去广场看学校新装在旗杆上的玩意。一个小黑匣子，挂在旗杆半中腰，谁若去降国旗，匣子会突然发出一阵吸力，把国旗“嗖”的一下全吸入匣内。这样便阻止了焚烧国旗的人。

两个人爬在梯子上，正在试用那个装置，招展的国旗魔术一样被嘬吸进去，人们全鼓掌喝彩。蓝天下一片粉红脸蛋，一片眨也不眨的眼睛，蓝的、灰的、棕的、黑的……

“棒吧？”格兰问乔红梅。

她的巴掌也在响。她向格兰笑着点头，心里想，这一片眼睛里，可有她的那个无处不在的密语者？

“是中部一所大学发明的。”格兰说，“学校也不管财政赤字了，一下子买回来三部。”

她伸出手，搂住格兰。这一刻她恰是很爱他，爱他小孩子似的瞎激动。

石妮妮挤过来，身后跟着两个五六十岁的学生，都是跟她学唱中国民歌的。她说密语者跟她急了，说妮妮假如再纠缠不休，就找人收拾她。妮妮看见格兰询问地瞪着她，便拿出一贯欺负格兰的表情，一挑下巴，眼一白。

妮妮领着两个老学生挤出去，回头对格兰说：“你很不乖，昨晚上都没给我打甜蜜电话！”见格兰发蒙，她笑着说，

“看他，没劲吧，逗着玩都不会！”

乔红梅忽然叫道：“妮妮，你房子租了吗？”

妮妮说：“正找呢。”

她每次结束一次恋爱，就要换住址。乔红梅说她知道一处不错的房，租金特便宜。妮妮问可不可以养动物。乔红梅叫她自己打电话去问。她一口气把电话号码读给妮妮。嘴合拢前，她想，密语者神了，她果然秘密地神往自己私自的小窝，果然怀着离家出走的心思。所以她把租房广告上的电话号码默记下来。她看一眼格兰的侧影，下午五点的太阳使他的睫毛成了金色，并奇长，奇翘，因此他有了一双儿童的眼睛。她想，他怎么会知道身边这个女人整天在合计他什么？她又想，这女人注视一张租房广告，要离开他，去投奔谁？不，去投奔什么？投奔未知？

回信说的是昨夜，是乔红梅微醺的那个夜晚。密语者告诉她，也是个偶然机缘，她弄清了乔红梅的公寓布局：卧室、书房、客厅、浴室……一百八十平米，典型的中产阶级安乐窝（不必故弄玄虚，租房处有户型图片，只消去哪里假装一个租房人就行了）。

她告诉乔红梅，昨夜十二点，她来到公寓楼下面。眼睛一层层攀登，登上十六层靠东南的窗口。她断定那个亮灯的窗里坐着乔红梅。她说她在长椅上坐下来，掏出口袋里小瓶装的拿破仑干邑。

读到这里，乔红梅的转椅“吱”的一响。她感觉浑身过了一阵冷风。同一个时间，她也在饮酒！

那是书房的灯，从光色看，是制图用的台灯。没错吧？她问。她说她从来不知道酒的滋味在深夜草坪上会这样好。对着乔红梅的窗，她悠悠地喝，不时举一举酒瓶，一厢情愿地和窗内人碰杯。

乔红梅想，这个幽灵般的女人其实有些恐怖。她两个脚缩进椅子，脚趾冰冷苍白。难怪她昨夜的倾诉欲强烈得可怕，看来是感应了。她的酒瓶竟不是空举的，琥珀色的拿破仑干邑碰在殷红的“大都会”上。

她说她二十年前的毒瘾都被吊起来了。保安人员的巡逻车十分钟过往一次，在她身边减速，又多疑地驶过去。不久巡逻车八分钟来一次。渐渐地，成了五分钟，保安怕她谋杀自己或谋杀别人。

后来窗口的灯熄了，她喝完最后一口酒。她从长椅上站起，朝公寓楼的背面走，身后跟着保安和巡逻车。

在楼的另一边，她看见另一个窗亮了灯。是个细长条窗口。她一下子停住脚步，意识到那是浴室的窗。

乔红梅心里又是一毛。那时她正色眯眯地看着镜中的自身。难怪她感觉那样怪异，原来是另一双眼睛透过她自己在窥视。一个异物附了体，借了她的眼睛看她醉了的胴体，看她的私处从阴影下浮现出来。这个异物！

她在楼下仰着脸，细长的窗亮了足有半小时。那时滚热的激流从乔红梅头顶淋漓而下。逆着光线，水在她薄薄的肩膀、微突的小乳房上溅起细小晶亮的冰珠。水使人舒适，正因为它触碰肉体时给肌肤那一记小小的惊讶。她告诉乔红梅世上最大的舒适总藏有不适，总引起感官的惊讶。她说那半个小时，乔红梅就在那样的惊讶中，毛发全活了，肌肉饱胀起来，手臂上的圆形疤痕又回到七岁，带一丝炎症的刺痒。

乔红梅这时痛恨她，这个密语者。就像她曾经会突然痛恨建军。对格兰，她也会变得仇人一样。

她马上回信，说够了，别再拿她继续过瘾。她说：我不是你这种女同性恋者的猎物，我绝不会和一个女人偷情。

回信说：别那么把握十足。

乔红梅说她弄得她心力交瘁，在上课时常常睡着，夜里却通宵醒着。这是她博士学位的最后一年，她处在崩溃边缘。

果然，对于同情的呼唤生效了。她说：对不起，那么就让我远远地爱你。你苦闷或绝望，就到外面走走。那时你会感觉到我。你的优美永远不会白白流逝，我是你之所以优美的目的。

她怕再次被她的花言巧语打中，赶紧下网，并换了一个新信箱，只告诉七个人，并且请这七个人为她的新网址保密。假如再收到密语者的信，她的搜索范围就缩小到这七个人头上。

然后她把密语者所有的信打印出来，一遍遍地读。一共有十八个拼写错了的“disappointment”，加上石妮妮那儿四个，二十二个，无一例外地拼错。

接下去是几天的宁静，打开信箱，每回都是空的。第五天，她收到建军的一封信，很短，告诉她，他妻子生了个男孩。她在离开建军后，那阵歇斯底里的爱和欲望都平复了，随着他的结婚、升官、装修新分的三居室消退下去，随着她不断觅到的新欢消退了。不过是心照不宣的一些相顾、暧昧的笑容，以及打着礼节幌子的拥抱与亲吻。对象多半是格兰的同事或朋友，有家室同时有颗不老实的心。他们对她的迷恋基于误解，她便长期维护着这些美好的误解。

她回到她和格兰的正常生活中，心惊肉跳刚过去，沉闷和单调可以作为恬静来享受。

石妮妮却不宣而至，进来就大声讲中文。她说她今天在旧金山发现了一个二十来岁的女郎，和相片上的一模一样。乔红梅问：什么相片？妮妮这时倒来了句英文："The fatherkiller!" 格兰正叉起一块煎鱼肉，一听爆炸出这么个词汇，鱼肉从嘴边落到盘子里。他看着两个中国女人，希望得到解释。

妮妮说："我在讲一个恐怖电影。"她知道格兰不信，也知道他拿她没办法。

她告诉乔红梅，自称二十岁女郎的人寄给她的照片里，有张最近的，背景是爬满橘红三角梅的一座拱门，左上方可以看见消防塔的塔尖。妮妮最近处于恋爱休假期，男朋友只是瞎逛逛风景点的伴儿。根据照片上的坐标，她找到了那座拱门。她和男友坐到街对面的咖啡店去等。下午六点，果然把女郎等来了。女郎开一部旧丰田，白色；戴唐可娜儿太阳镜，穿卡尔文·克莱恩牛仔裤，玖熙皮凉鞋；脚趾上不涂蔻丹，手腕上有十来个银镯，走路就"叮叮"作响。看上去一点毛病也没有，完全不像个"parricide"（注：弑父者）。

格兰说："一百块的大词儿啊！"

妮妮说："你没注意我最喜欢卖弄大词儿？"

乔红梅不动声色地用中文说："你讲废话全用中文，关键的词全是英文，地名啦，咖啡馆啦。你和她谈上话没有？"

“快七点我揿了门铃。她来开的门，赤着脚，嘴还在嚼东西。我问她还认不认得我。她瞪着眼看我一会儿，摇摇头，笑得糊里糊涂。一看就知道她不是装蒜，是真不认得我，压根没见过我 E-mail 给她的一大堆照片。”妮妮此刻自己给自己拿了个酒杯，倒了半杯白葡萄酒。“她问我怎么认识她的。我答不上来。她说一定从网上认识的，很多报纸、杂志登过有关她的事。我连她名字都不知道，可是现在又不能问，一问就露馅儿啦。我说我就是从网上知道她的故事的。她说抱歉不能请我进去。我知道她在逐客了，就赶紧走了。”

乔红梅想不明白，这是个怎样的迷魂阵。

妮妮很起劲，愿意贡献她的男朋友。她把这些男朋友叫成又漂亮又没用的东西，她绝不会嫁给他们。她说她可以让她又漂亮又没用的男朋友去勾引那个女孩。“勾引”二字，妮妮又用的是英文“seduce”。

晚饭已结束了，格兰笑嘻嘻地说：“要不要我躲开？”

妮妮说：“你没听懂吧？”

“懂了，又是勾引，又是弑父。”格兰说着，起身收拾盘子，扮出一个侦探的阴险笑容。乔红梅说她已没兴趣了，电子邮箱都换了。妮妮激动地说事情就要水落石出了。

“别逗了。”乔红梅说，“那人随便从网上找了张照片，假冒是照片上的女孩，你就上当了。”

妮妮说至少应该把这位弑父女郎的名字打听出来，再到网上查有关她的报道。乔红梅说：行了，别疯了，实在没事干，你去参加反战示威吧。

第十天，乔红梅写论文写得心绪败坏，半躺在转椅上，玩起牌来。夜又深了。她脚尖在桌下摸索着拖鞋，一手拿起啃了一多半的苹果，想去睡了。一分钟后，她却发现自己面对着打开的信箱。

有一封信，投寄者的名字是陌生的。

她心也不跳了，肺塞得满满的。她不知道她是更害怕密语者，还是更害怕望眼欲穿的自己——她这些天的无精打采竟是因为缺少那个人的密语。

“别问我怎样得到了你的新邮箱地址。其实我早就可以闯进你刚刚制造的虚假宁静，但我没有。我想试试看，没有你，我是不是能喝咖啡、读报、看电视、听音乐、呼吸、吃饭……活着。我也想看看，没有我，你怎样行动、谈笑、顾盼……你两眼秋波抛给谁？十天了，结论是你我不能没有彼此，尤其是你，这十天，你什么都依旧，就是没了魂魄。”

乔红梅想顶撞回去：怎么有你这样不知羞耻自作多情的人？！她却没有，这不是为谁追谁计较的时候。

“我知道你没有那么容易摆脱。索性堂堂正正，和我约个地点，痛快地聊它一回，何去何从，我们从哪儿再看。我不能和女人恋爱，就像我不能和男人做哥们儿一样。”

“你肯定无法接受女人？”

“我可以一百次地肯定这一点。”

“就是说，假如我是个男人——像我最初出现时一样，富有，闲散，学识杂七杂八，不过够一个公子哥儿美化谈吐——那样一个男人，你是能接受的？”

“我不知你在胡扯什么。”

“你不会不知道。其实你心里从来没有完全相信我是个女人。明晚八点，我在校园的‘蓝色多瑙河’等你。假如你想说见你的鬼去，你该把它留到那时对着我的面孔去说。”

“蓝色多瑙河”咖啡馆其实是学生俱乐部。两旁的餐馆每晚九点关门，学生们仍可以在那里买到一块八角的汤和两块钱的迷你比萨。几乎每天晚上，都有学生在那里演奏爵士或室内乐。她接受了密语者的邀请。在“蓝色多瑙河”谁能对谁干什么？八点钟，正是繁华时间，每张桌都挤满人，她可以仗他们的势。

她早早从图书馆回家，见格兰皮鞋脱在门口，便“哈啰”一声。她给自己疯疯癫癫的嗓门唬了一跳。格兰在书房里应了声“哈啰”，似乎没在意她异常的情绪。她开始换衣服，系围裙，大声自告奋勇，说晚餐由她负责。

她拉开冰箱，找出一些蔬菜，又取出半盒冻虾。解冻来不及了，只能靠热水泡。她把砖头似的冻虾往水池里一扔，一声不祥的声响，一看，白瓷池底被砸出细细几道裂纹。

祸事已开始发生。

她拧开水龙头，水来得太猛，溅了她一头一脸。她左右扭转脸，在两个肩头上擦，竟发现自己在痴笑。

然后是准备盘子、餐具、餐巾。她在厨房和餐室间跑来跑去，常是拉开橱门，又忘了该取什么；爬上梯子，忘了该够什么。但她觉得自己少有地轻盈伶俐，切菜的动作也带些舞蹈。这时她回头，见格兰站在厨房门口，看着她笑而不语。看上去他早就站在那里，看了她半天了。她一下子老实了。这时她取消和密语者的约会，还来得及，而她知道她不会取消。她对格兰嗲嗲一笑，心里对自己的轻浮感到绝望。

嗲嗲的一笑总是有后果的。格兰上来抱住她。她说：炉子……火！……

外面响了一声闷雷。这地方很久、很久以前爱下雨，有段时间连旱六年，现在雨又一点一点回来了。格兰似乎知道她的秘密勾当，想阻止她，把她抱得那么紧。她轻轻掰他的手指，嘴里全是哄人的话。她没办法，非去赴约不可，雨和格兰都妄想阻止她。

她连借口都顾不上编一个就冒雨出门了。只对电视机前的格兰说：我马上就回来！

走进“蓝色多瑙河”时，没碰上一个熟人。二十多张桌子都坐得满满的，小舞台上在演实验戏剧：十多个戴哑剧大白脸谱的戏剧系学生做着某种禽类的动作，主角儿在念类似《等待戈多》的台词。

乔红梅等着，等密语者登场。雨意和温热的咖啡气味混合，使他的初次登场显得温暖而平实。她心里出现一种奇怪的安全感。

她眼睛从每张桌旁的面孔上扫过。这人迟到了。没有中意的座位，她顺着墙壁观赏艺术系学生的油画。这人说他将拿一本艺术杂志，封面上有胡里奥·冈萨雷斯（Julio Gonzalez）的人面雕塑。这人玩她玩得够狠的，玩了身份又玩性别。她又看表，才过一分钟。她只等他十分钟，然后她就结束等待。油画是不久前挂上去的，颜料气味十分新鲜。她不如就从这些画谈起，头一次见面大家需要个安全的话题。她会说看看这些麻木的笔触吧，大喊大叫的色彩，语汇却贫乏到极点。如同大量的丰腴的食品，滋味却是没有的；大量的性爱，感觉也是没有的。大量的谈话，完全没有会意。

她假装看画看得入神，一点点向拐角走。拐角延向一条走廊，通往后门。她守着退路，听每个人的进、出、动、静。她半仰起脸，脖子和脊背很松弛，两手懒懒地抱在胸前，从背后看，她一点不是望眼欲穿的样子。淋湿的头发偶尔滴一颗水珠下来，又顺着她的太阳穴迟迟疑疑往下滚，滑出一道微痒的、冰凉的轨迹。

这时一个新顾客走进咖啡馆正门，大声和坐在门口的两个女学生打招呼。

格兰。

乔红梅马上退入阴影。格兰竟和他的学生在这里约见。师生间调侃起来，都不高明。女学生们的笑声十分紧张，汤普逊教授只好再开些玩笑，更失败。他们开始谈他们的本行，格兰自如起来。海明威、福克纳、菲茨杰拉德、奥尼尔、坡、劳瑞，行成酗酒流行病的天才们。不只是自如，格兰辉煌起来了。乔红梅几乎忘了这就是她结婚十一年的丈夫。她从来没见过他这样精彩。桌上的烛光给了他一个古典的侧影，他原来有双易感浪漫的眼睛。

女学生们请汤普逊教授讲得慢一些，让她们做笔记。

乔红梅想，这两个年轻女生已被汤普逊教授引诱了。只不过汤普逊教授是无意的。墙的拐角阻断了他们的视线，她就这样隔墙有耳地站着，听格兰向两个女学生发射知识、幽默、魅力，以及妙不可言的性信息。性张力在三个人头顶凝聚，产生电流，不断打出火花……乔红梅有些妒忌两个女学生了。

洗手间里突然出来个人，险些和她撞个满怀。两人同时道一声对不起，又同时端详着对方。

乔红梅从“蓝色多瑙河”的后门出来，她无意中验证了自己的假设：谁不处在三角关系里呢？或虚或实而已。她走在雨里，惊弓鸟一样向前扑腾。格兰一定盯上她了，这些天她的行为举止，连她自己看着都可疑。

她突然停下来，站在雨点密集的校园操场上。她想起那个从洗手间出来的男人。他道歉时对她那么一笑。绝不是陌生人的笑。他四十来岁，没错。正是他自己形容的样子，个头不太高，但十分结实匀称。似乎穿件黑色羊绒毛衣，高领，绷出他的块头儿。是个爱打网球或游泳的人。动作中还残存不少青春，虽然头发已带些杂色。她犹豫着要不要走回去。给格兰什么样的说法呢？网上来的情人？她回头看一眼闹哄哄的咖啡馆，没有挪动脚步。他和她对视一眼，没错，特征都对得上号。他的嘴，那张欲语又止的嘴巴。是那种心里语言很多，嘴上却没话的人。

全身湿透地回到家，她一眼看见格兰的留言。他有两个考博士的女学生紧急求见，他约她们去了“蓝色多瑙河”。看不出他对她起了疑心，个个字都磊落。她脱下湿衣服，用松软的大毛巾裹住身体，忽然感到胃口开了，想吃东西。晚饭时她只胡乱塞了几口蔬菜。她找出一块干酪和一块杂粮面包，叼在嘴上就去上网。

他的信已在等她。

他说他知道她很失望，淋一场雨，却扑了空。他看着她从雨里走来，完全像个殉情少女，决绝而柔弱不堪。睫毛膏的黑色被雨冲化了，晕成两个大大的黑眼眶，一缕湿头发搭在庄严的嘴唇边。他说他从不知自己会有如此多的怜爱，会如此地静静爆发。他想到她是从那个小村子来的，那个一夜间死去二百一十三名处女的小村。处女们是集体殉情的，为了她们尚不知在何处的情人。因而她们不必嫁人，不必失望，免去了为人妇之后再偷情的冤孽弯路，直接就为潜存的情夫们死去了。

“你就从那个小村走出来，走向我的。我看着站在门口的你，这样想：你身后是一座座稻草垛，是偷情人的坟墓。你讲到那个城市来的男孩，爱吹口琴、爱咒骂的那个小伙子，也被埋在这不寻常的坟墓里。你走出的，就是这样一个小村。”

乔红梅恨不得伸出手，去触碰那一行行字。因为这些字正触摸着她。她知道他说的“怜爱”是怎么回事。

他说她顺着一张张桌走过来，喘息隔着衣服都看得出来。一场雨把她多日的惊恐、失眠、酗酒，以及对这事渐渐染上的瘾全印了出来。他说他想上来抱起她，告诉她他有多么懊悔，不该这样惊唬她。让他从这里重新开头，从体温和呼吸开头。假如不是格兰梗在那里，他一定会和她好好开始。他说她逃得那么仓皇，连披肩失落都毫无意识。他拾起她的披肩，它带着她身体的气味和温度。

乔红梅一摸肩膀，果然空荡了。她最爱的一条披肩，落到他手里了。

他要她别担心，他会好好保存它，直到下次约会。

她不再凭空想象他。多情的文字和那个一闪而逝的中年男子重合起来。多情也是牛仔式的多情：一半笑容压在帽檐下，不怎么拿你当回事，却眨眼间就会为你去死。都好，都合她心意，这个使她一切感觉、一切欲望回春的男人。

他说他感觉到她微湿的身体裹在柔软的棉质毛巾里。这是他的手，扯下这条毛巾。不是“轻轻撩开”，而是那么一扯，带一种彪悍，手势短促，不许你扭捏。这是他的手掌，摩挲着她的肉体，那黄孩子的肌肤。

他真的使她又燃烧起来，就连格兰，她也感到一种新异。

石妮妮送来一盘录像带。趁格兰去上课，乔红梅把它放在自己的录放机上看起来。

橘红色三角梅的拱门。消防塔塔尖。又漂亮又没用的男友入画，按门铃。门开，露出一个二十来岁女孩的脸，镜头推近：女孩直是摇头。男的掏出证件（伪造的记者证），女孩看了证件一眼，耸耸肩，笑了笑，允许几个提问。她半个身体在门内，半个身体在门外，是接受采访的老手了（从七岁就跟媒体打交道）。问她从什么时候起，开始怀疑父亲的冤案的。十四岁。她说。什么引起的呢？“我父亲给我的遗书，他预先给我写了许多封遗书，交到他律师那里，请律师每年在重要节日或我的生日前，给我寄一封。每一封信都根据我的成熟程度渐渐变得复杂、深沉。他总在猜测我的高度、体重，学习成绩，要我记住，这是父亲离开我的第几个年头。他还为我列出书单，并在下封信里问我书单里的书我是否读过。他在信的结尾总要我相信，父亲从来没有伤害过我，并永远爱我、保佑我。十四岁的生日，我照例收到一封信，里面还夹了一对玻璃珠耳环。是小孩戴的那种可笑的首饰。他说我七岁时一次和他上街，一定要他给我买这副耳环，他坚持不买，说小孩不该戴首饰。他一直为此内疚。现在我十四岁了，可以戴首饰了，希望我还喜欢这对耳环。”

女孩讲到此低下头。

特写：女孩红了的眼圈和鼻头。

她接下去说：“我突然觉得我中了心理医生的计。而那个三流心理医生，中了弗洛伊德的计。悲惨的是，其中谁也不想害谁。那个心理医生太想做出创举，他以我成名，而代价是我们的家破人亡。我恨我的母亲，她像中了邪一样，帮着心理医生捕风捉影。你一定已从许多报纸上看到，他们怎样给我洗脑，操控我，一个七八岁的女孩。”

男友问：“你父亲怎样死的？”

女孩显得很吃惊：“你是记者，没有看基本材料吗？”

男友一窘，但掩饰得很好。他说：“我不相信别的媒体的报道。”

“你是不该相信。假如不是媒体歪曲事实，不会形成那样的社会舆论，我父亲可能也不会自杀。应该说我父亲的自杀，和媒体的不负责任有关。”

“他是怎么自杀的？”

“从当时的现场看，他是自杀了。警察在新墨西哥州沙漠深处，发现了他的车，上面有个空了的安眠药瓶子。从他那次法庭缺席，到这辆车的发现，有近一个月的时间。”

“尸体呢？”

“沙漠上什么都可能发生。有野兽和秃鹰，很可能……”

“你现在一个人住吗？”

“我母亲嫁人之后，我自己搬出来了。我父亲为我投资的钱获了不少利，所以我可以住得起旧金山。”

近景：女孩俏皮地一笑，露在门外的一半身体缩回去了一点。

乔红梅想，这个女孩太像一个人了。但到底像谁，她又想不起来。那神情，那手势，那快速的沉思，她肯定是见过的。这时镜头拉成全景，门关上了，橘红三角梅和消防塔依旧。

妮妮问：“我有一手吧？买通了马路对面一个老头，从他家厨房偷拍的。”

乔红梅说：“我可没让你偷拍啊！”

“这个女孩的资料，我那没用的漂亮东西全给我查出来了，网上能找出几十篇文章，全是讲这桩乱伦案的！连《纽约时报》《华尔街日报》都登过头版！女孩的父亲是个富翁——不大的富翁。为了打这桩官司，破了产，官司整整打了三年，是儿童权益保护委员会起诉的，主要证人是心理医生和女孩她妈。”

乔红梅还在想，她在哪里见过这位女郎。她告诉妮妮，这事和她的密语者已越来越扯不上了。

石妮妮这才一怔。她确实忙到另一桩事上去了。

乔红梅感到密语者用这个女孩的名义和石妮妮交往，一定有原因。当晚十一点，她又收到他的信，说他以为她会去“蓝色多瑙河”，结果他空等了。他用咖啡馆的网络给她发这封信，说他会继续等她，直到咖啡馆关门。

她看一眼手表，离咖啡馆关门还有半小时。她立刻换了衣服，梳了梳头发，蹑手蹑脚往外走。格兰一般在书房里耽到半夜十二点，她会在那之前赶回来。她打开大门，犹豫了。这样不大地道，还是该给格兰留言。她说一个朋友远道而来，约她在校园小晤，半小时之内就回来。大学里的夜猫子是正常人，格兰该不会太见怪。她把字条用磁铁吸在冰箱上，刚一转身，听见“啪嗒”一声，磁铁落在地上。不知为什么，磁铁此刻与她作梗，不断地掉下来。这时她听见一个声音说：“磁力消耗完了。”

她事后懊悔，不该那么惶恐：无非是格兰听见磁铁一再落地的声响，出来看看。而当时她感到面孔僵硬，知道坏了，此刻这张面孔做什么表情都会丑恶不堪。她就装着去开冰箱，拿出半瓶白葡萄酒，背一直朝着格兰，问他要不要来一杯。

格兰见她的着装，问她是否要出门。

她答非所问，说论文写到结尾，她生命都快结尾了。她知道事情给她弄得越来越坏。她手里捏着刚才写的字条。

格兰说这么晚了，最好别出去。

她听出他口气很硬。

她说：谁说我要出去。

我并不反对你出去。为什么你这样戒备？

我怎么戒备了？何况你反对也没用。我做什么不做什么，不需要谁同意。

乔红梅尖起嗓门，英文语病百出，但她管不了那么多了。

格兰惊讶地看着他的妻子。她也会张牙舞爪。是什么使她这样泼？你看你看，狞笑都上来了。

说得好，格兰说，因此你的戒备是多余的。

我告诉你，我根本没有戒备。

她想，别这样，别这样恼羞成怒，多没风度。可她无法不把密语者拉来做后盾，仗他的势，对格兰有恃无恐。

格兰说：你这么晚一定要出门，我可以陪你。

她突然惨叫：我不出门！

我不反对你出门。

她做出拉倒的手势，表示反正她无望和他讲清楚了。她一面是对格兰的满腔愤怒，一面又是对密语者的一腔柔情：他那么懂得我，虽然隔那样远。一时间，她义无反顾地爱上了那个人。她想和挡在面前的丈夫拼命，面对面的沟通都误差成这样。

格兰见她哭起来。他走上去，试着去搂她的肩。她却往旁边挪一步。他立刻缩回胳膊，充满尊重。她等他再追上来一步，不理她的挣扎而紧紧抱住她。她正是不知如何是好的时候，需要格兰暂做一回兄长，无条件地呵护她，让她在走上不归路之前三思，或让她明白，只要她退一步，就是安全，就是宽恕。总之她要格兰拉她一把，别让她就此倒入一个叵测的怀抱。

格兰却站在一边，肢体语言全读错了。

他终于好声好气地说：你给我写的字条，我可以读吗？

原来他看见她在那儿折腾那张字条。现在全耽误了，“蓝色多瑙河”已经打烊。

她把字条往桌上一拍，心一横，说：“我收拾行李去。”

“你要去哪里？！”

“汽车旅馆。”

“哪一家？”

她从卫生间出来，手里一个盥洗袋。亏他问得出来：哪一家？

“哪一家对你有什么区别？”她说，从床头柜里取出内裤、内衣，“你是不是要推荐一家好的给我？”她毒辣地笑笑。

“如果远，我建议你明天早上再去。”格兰说。

她想他是没希望懂得她了。

她只管拎着包往外走。肢体语言是委屈冲天的，是呼唤他同情的，是控诉他半夜撵她出门的。

她走到门口，楚楚凄凄换鞋，尽量拖延时间，好让他开窍，上来拉她，大家下台阶。他对她的肢体语言，是个文盲，她在蹬上第二只鞋时想。

她走出去，是凶是险都只能往前走了。

电梯一层楼一层楼地往上爬。

格兰出现在她身后，一面穿着外套，领子全窝在里面。

他说：“这么晚了，我开车送你去。”

她说：“你知道我去哪儿？”

他说：“随便你去哪儿。我怕不安全。”他拿出一张卡片，“这是汽车旅行会员卡，住汽车旅馆可以打折扣。”

他的样子认真负责，一点没有作弄她的意思。衣领硌在他脖子里，他难受地直转头。她忍不住伸手，帮他把衣领翻妥帖。他这才拉住她的手，往怀里一拽。她想格兰那双眼睛，永远是莫名其妙地看着她。他不知道此刻她是把他作为兄长与他和解的。

她告诉密语者，有一刹那她想把格兰杀了。她看见墙壁上一排厨刀，觉得只有它们能结束一场痛苦的沟通——非沟通。很可能她将杀她自己，会省事许多。在密语者出现之前，在她知道世上存在那样一份灵性的懂得之前，她从未意识到非沟通的痛苦。

她从来没有失望得如此彻底。

连那次流产，她都没对她的婚姻如此失望过。到达美国的第三年春天，她发现自己怀孕了。晚上她做了一桌菜，摆了红色的蜡烛，红色的玫瑰。格兰却回来很晚，菜全凉了，蜡烛也短了一半。

他说：为什么买红蜡烛？你知道我最不喜欢红颜色。

她大吃一惊，她从来不知道他有这种难看的脸色。

她表面还笑嘻嘻的，说这个夜晚适合红颜色。

他吃力地笑一下，说谢谢她烧一桌菜。

他开始喝酒，问她为什么不喝。

她只甜蜜地说从今后她不能喝酒了。她等他问为什么。他却沉闷地自顾自吃、喝、若有所思。她问他是不是学生惹他生气了。他说这些年轻崽子，哪天不惹他生气。

她说：让我们有个孩子吧。

他头也不抬，问道：为什么？

该有个孩子了。她说，心一点点冷下去。

他说他看不出什么是“该”。

她说：孩子不好吗？一个家庭不该有孩子吗？

你做什么，就因为“该”吗？

她不作声了。红蜡烛没趣地蹿起火舌。

是啊，什么来决定“该”呢？爱情已拉不住两颗心灵、两具肉体，要一个孩子来拉住他们。孩子可以成一个新主题，给他们日渐枯乏的日子以新内容。

乔红梅诚实地告诉密语者，在怀孕前，她和一个男同学一块儿喝过咖啡，一块儿去旧金山听过音乐会。甚至有那么一两次，在车子停下后或发动前，那男同学吻过她。那是一个北欧人。当时北欧在她心目中，还颇神秘。在怀孕前，她似乎初尝到失望。她总是以为有更大更好的世界在前面，有更理想的男人等她去爱，到后来，却发现不过如此。她已远嫁到太平洋彼岸，并为此什么都豁出去了，获得的，却不过如此。她常常在吃冰激凌、试昂贵的时装、看新上市的电影时突然一走神：这就是我以为更大更好的世界，这就是我抛弃那么多、毁坏那么多而追求的。一种浅淡的扫兴油然生出，她会放下正试穿的时装和最爱吃的冰激凌。她不知道拿自己的失落感怎么办，不知怎样对付她时常出现的黯然神伤。她想到那个草垛上吹口琴的知青，讲起世界上最美味的冰激凌时的眼睛，那么多期待又那么感伤。他若活到现在，处在她的位置，是否像她一样在心里叹息不过如此?

就在她看穿地在心里说“不过如此”的时候，孩子来了。

孩子在多少情形下救过僵局？拙劣和高明的电影里，孩子总是带来转折。

她完全没想到格兰会有如此负面的反应。她坐在那里，像红蜡烛一样一点点矮下去。格兰讲了一长列不要孩子的好处，谎扯得虚假而拙劣。

她对密语者说，在此之前，她的失望是隐隐的、莫名的，这一刻变得具体而实在了。到今天她也没有弄清，格兰不要孩子的真正原因是什么。不爱孩子的人往往缺乏柔情，不懂孩子的人便往往是沟通低能。她的失望之巨大，她想密语者应该能想见。

她什么也没说。十天后，她悄悄地做了人工流产。手术做得不好，她流血量很大。她不想惊动格兰，悄悄挂了急诊。医生说胎儿还剩一半在她腹内。他说只能等她身体自然排除它。她按医生的嘱咐，把身体的排除物收集在一个瓶子里，等医生最后把它们拼起来，看流产是否彻底。她在瓶子外面套了个纸盒，搁在马桶后面。格兰发现了，问这血淋淋的东西是什么。她心里满是恶毒语言，想说：这下称你心了，断子绝孙了。或说：是什么你不知道？当然是我和人轧姘头轧来的。但她咬紧牙，只看着他。

她在那一瞬想起她前夫年轻时的脸庞，孩子气十足，也丈夫气十足。见她从“人流”手术室出来，一把抱起她。他就那样抱着她，走上四楼，一路上泪汪汪地赌咒：指标指标，下次没指标咱也生。

然后格兰说：我说不想要孩子，可并没要你去做手术啊。

原来她的妇科医生在确定怀孕那天就告诉格兰了，难怪他那天晚上一张阴沉的长脸。

他又说：既然孩子来了，我总会调整自己，接受他。何必逆天意又把他杀了呢？

她大声叫道：里外里你都是人！她发现自己喊的是中国话。她觉得中国话这一刻怎么这样解恨。她又喊：建军就不会这样对我！建军！我对不起你！

她号啕大哭，像那小村里的妇人哭丧。

格兰什么也听不懂，在一边说：会好的，会好的。

她索性喊道：操你妈“会好的”！你拆散了我和建军，我瞎了眼了！

他说：一切都会好的。

那天夜里，她起身，人弱得像纸糊的。她从药柜里找出一瓶阿司匹林，什么药多了都毒得死人。她站在床边，看格兰熟睡。她想，他倒照睡不误。她不知站了多久，看着这个她死活不顾追求来的美国男人。二十八岁的小半生，她总是在主动追求。她对此从来不撒谎，大方地告诉所有女伴儿：他是我追来的，追得好苦！

看看这份被她追来的幸福。

建军也有极可恶的时刻，那些时刻她就会想：看看吧，这就是我追求的男人。

她从床边转身，却晕眩得倒下去。从卧室到厨房的距离最多八米，她却无力走过去。她手里捏着阿司匹林药瓶，迷迷糊糊睡着了。第二天清早她醒来，又成了白天的她、人们眼中的她：懂事，性情甜美，分寸感很好。白天的她决不会吞一百片阿司匹林。她从一百片阿司匹林的诱惑中挺过来了，再回到格兰身边，她已是另一个女人。

“大概像你说的，是一个感觉封闭的人。十多年前，我和建军也曾封闭过，是格兰打开了我。”

他说他早就知道她是个危险的女人。对这样的女人，他有很好的眼力。他的女儿也是一个危险的人，在她眼前，世界突然变得可笑或可憎。

他看她穿过那群一模一样的二层小楼，再穿过一望无际的停车场，肩膀微微向左倾斜，那是她曾经背枪留下的习惯。购物中心有七八家连锁店、五家连锁餐馆、三家连锁银行、一家连锁食品超市、一家连锁汽油站。和全国绝大多数购物中心一样，房子漆成油画棒的浅色，屋檐一条海蓝的边。美国特征是由这些没有特征的连锁景致构成的。

“你往售报机中投两枚硬币，取出一份报纸。这时你呆住了，眼前的购物中心又蠢又丑地趴在地平线上，该死的建筑师怎么会设计出这样扁平的房子？你忘了这是哪个城市。它可以是美国的任何一个城镇。连锁机构张开纵横交错的锁链，把人们锁在上面。淘汰个性，个性有风险。连锁是步调一致，是安全。这些被安全连锁的人胖胖地坐在夕阳里，享受非沟通的快乐。沟通风险太大了，针锋相对、一针见血的沟通能让几个人幸存？幸存者得多么坚强、多么智慧，又多么豁达？你看着连锁景观中安全的人们，连鸽子都不防意外，大摇大摆在户外餐桌周围徜徉。这个景观无疑是可笑的、丑陋的。你突然想到十多年前你对它的苦苦追求。你最后一次回到小村里，告诉孩子们美国有无数购物中心，像小村庄一样大。那种物质的丰饶，超过每个孩子的想象。”

他说乔红梅在超市门口改变了主意：在打开的自动门前撤回一步，向右转身，朝星巴克走去。那儿有块长两米半、宽一米的广告板，供人们在上面贴租房、卖旧货、私授课的广告。四十年代的灯具被当成古董出售。他看见乔红梅伸手撕下一条小签，上面有房东的电话号码。但她不久又把它贴回去，眼睛转向另一张广告。那张广告贴在最下方，很不起眼。广告上印着一只猎犬，所以他认为那是一张猫狗学校的广告。乔红梅蹲下身体，一手撑在墙上，为了更清楚地读那张广告上的字。字非常密集，黑压压排满大半张纸。

他看乔红梅的手伸向广告下一排小纸签，撕下最后一张。前面十九张都被撕去了。她将小纸签搁在掌心，端详一会儿，头略许偏着。来了一阵风，把纸签吹跑，她追了两步，站住了，看它滴溜溜打转、飞远。再来看她的脸，似乎刚悟到一条新思路。

等她离去之后，他去看那张印有猎犬的广告。原来不是猫狗教育家贴的，是一个隐居者，或一个退休侦探。他（她）教授一种“消隐法”，从熟悉你的人中消失掉。对有罪迹的人，这是个最干净的洗心革面手段。对腻味了自己婚姻或职业的人，这也是个最少伤害、最便宜的了断方式。对厌烦了自己人格，想更换全新人格的人，它提供了最大可能性。当然，它最方便那种想做女人的男人，或想做男人的女人。只需八周课程（每周一个半小时课时）和一千元学费，你的旧人格就终结，新人格就开始。

他告诉乔红梅，一九九二年《旧金山时报》登载过一篇文章，谈到消隐现象，并介绍了几本有关如何消隐的书。到一九九三年，全国消隐的人共有七万多名。有欠债不还的、有过失杀人的、有卷入巨大冤案又无望澄清的、有陷入不可自拔的婚外恋的……这些人精心设计消隐的每一步骤，获得新的出生证、身份证、社会保险号码之后，在某个夜晚或某个清晨，永远地消失了。有的布置了自杀或他杀的假象，有的留下真切的遗书。

想象这七万多人的今天，无论当初的消隐给了他们痛苦还是欢乐，它都为他们打开了一片广阔的未知世界。

“这七万多人中，有一些去了国外，去做冒险家或语言教师。最理想的是远东，比方说，刚刚开放、对西方一派天真的中国……能够想象吗？你的外文教授里，可能就有一位这样的消隐者，一个对人或对己失望过度的人。”

乔红梅看着这个拼错的“失望”。第二十三个不完整的“失望”。

他说他是在望远镜里观望她的，等他赶到购物中心，她已不知去向。

她心里有些不舒服，为什么他总耽在暗处，让她防不胜防呢？

他似乎察觉到她并没有表露的哀怨，说他很抱歉，他常常临时怯场，怕他走出文字的掩体会令她失望：无非是个平实男人。他还承认常用高倍数望远镜把她拉近自己，一个细部、一个细部地看她。那样，他把她的身体一寸一寸地占领、一毫一毫地亲吻，她发育不良的乳房在他看来十分销魂，还有她臀部的一块胎记，都引起他凶猛的欲望。

她惊呆了：他怎么会知道她臀部的胎记？她偶尔游泳，把它露了出来？可她总是在早晨游泳，校园游泳馆人最少的时间。

他说他知道这种迷恋已经不健康了，但他没有办法。他要她相信，他是一个最懂得爱的人，从心灵到肉体。“望远镜把你拉进我怀里。这是我的胸膛，还够宽阔吧？这是我的肩膀，还够结实吧？这是我的皮肤，有一股常晒太阳的人的气味，并且体温偏高。你的手上来了，手掌那么清凉，它下面是焦渴的肌肤。这就是你的眼睛了，含有一份邀请的黑眼睛。邀请同情、懂得甚至进犯。于是这是你自找的了。你已经逃不了了，进犯总是有一点疼痛。接下来，你一下张开自己，接受了我。”

乔红梅喘息乱了。她火烧火燎地面对着这人的文字，恨自己怎么这样没出息，也恨他，把她引上邪路。真恨他吗？她想不清楚。

他约她在旧金山南区的一家酒吧见面。酒吧名叫“Endup”。他说他在旧金山拥有一座小小庭院，风景优美，如果她愿意，他可以请她去那里做客。他要她别害怕，Endup火得不得了，永远满座，全是没心没肺调情的男女。他和她可以在那里深谈，也可以浅谈；调情，也可以不调情。那是个认真、随便两可的地方。

她开了近两小时的车，到达旧金山市区时是下午三点。反战示威造成交通阻塞，办公楼大门全被人堵住，被堵在街上的规矩上班人在警察掩护下，小批小批往楼里冲锋。她听说石妮妮和几十个同学一块儿进了城，就在人群里寻找起来。果然在市场街找到了妮妮。她和男友都穿着白T恤，胸前用红颜料画的血迹，乍看相当触目惊心。妮妮最近成了示威明星，电视里常出现她的大特写。

“你和格兰一块儿来的？”妮妮大声问。

乔红梅说格兰今天有课，不能来。

“我刚才还看见他！”妮妮问男友，“没错吧？他站在那儿摄影。”

乔红梅心里“轰”一声。格兰一定是暗中在盯她。她昨晚告诉他，今天她要到旧金山陪两个中国来的朋友，大概会晚些回来。

妮妮说她想吃水果刨冰，便拉着男友和乔红梅进入一个店家。一见她胸口上的“血迹”，所有人都叫起来。妮妮一面无事人一样吩咐男友去买刨冰，一面跟乔红梅大声说笑。她说她男友险些和那个陷害父亲的女孩陷入疯狂恋爱，她趁机解开了疑团：女孩拼写的“失望”一个字母不错。就是说，密语者确实冒她的名跟妮妮通信的。

妮妮因为反战而出风头，各行各业的富翁都看见了她给警察拖走时，以甜美声音唱《国际歌》的电视镜头。他们全断绝了和她来往。

乔红梅问她是否还打算嫁富翁。

她说一革命起来人的感觉就不一样了，好像是另外一种荷尔蒙开始支配你的身体。现在她觉得富翁们一点也不性感。正如过去，她认为漂亮的穷光蛋男人不性感一样。她说什么让她热血沸腾都行。她只要热血沸腾。

告辞了妮妮和男友，乔红梅混入了示威人群。她飞快动着脑筋，万一碰上格兰说什么。她知道自己的样子有些鬼头鬼脑，便想，这是最后一次了，然后她就向格兰摊牌。

把车停下之后，她看看表，离约会还有一小时。她特意到得早些，好摸清方向，找好退路。停车场离 Endup 有五个街口，走过去时可以定定神。她拿出镜子、口红。是那种当下最流行的唇彩，马上让嘴唇娇嫩多汁。她把粉盒放回皮包，手却碰到一件东西：牙刷。她居然带了牙刷来。她前后矛盾的种种打算中原来包括过夜的打算。她手指捏在牙刷的毛刺上，使劲搓动，她想看看这个女人今天到底要怎样去野。开两小时车，去和一个网上来的男人见面。然后呢？他趁歌手长啸的当儿拉起她的手，把她拉到他的庭院。一个自带牙刷的女人。

在往 Endup 走的路上，她希望路远些，让她再想清楚些。

她在给他的最后一封信里，讲了她童年那个无人知晓的故事。深秋的晚上，孩子们已不再去稻草垛上听城里男孩吹口琴了。只有一个十岁女孩仍然天天来到稻草垛下。男孩把口琴吹给女孩一人听，对小村子的牢骚也向她一人发。这天晚上村里开始点灯了，女人们唤孩子回家吃饭的声音此起彼伏，十分悠扬。男孩从稻草垛上滑下来，手还在把口琴往裤子上蹭。他突然一动不动，看着稻草垛下的女孩。女孩笑了笑，不觉得他的样子奇怪。他两手上来，卡住女孩的腰，把她抱离了地面，面孔对着面孔。女孩听见她的母亲也在喊她了。她却没应，只朝远处扭一下脖子。等她转回头，便不再认识眼前这个人，他的眼睛在眼镜后面闭上了，又没闭严，从缝隙里透出一线眼白的青光。睫毛猛烈哆嗦，她从来没见过这样垂死的睫毛。她叫他两声，他可怕地笑一下，嘴唇轻轻落在她额头上。她开始掰他的手指，脚也反抗起来，但表面上她仍咯咯直笑，似乎不愿与他撕破脸。他的嘴滚烫滚烫，压在她的嘴上，一时她不懂这滋味是好还是糟。她闻到他呼吸里“东海”烟的气味，辣而苦的一种雄性气味，充满她全身。一阵奇怪的无力感向她全身扩散，和烟草气味融合。她犹豫该跑还是该叫，而嘴唇被一股力量顶开。辨别许久，她才明白那是他的舌头。他这时把她渐渐抱进稻草垛下面，不知谁刨了个凹处来。她的身体动弹不得，他蜷在她身上。

然后他把她抱出来，让她站直，掸平她的衣服，抚掉她头发上的稻草。他羞怯地笑了。这笑里没有可怕的东西。她看着他，一点秘密的感觉出现在她一片昏暗的体内，如同一豆火烛。他要她第二天同一个时间再来。她点点头，转身跑去。她不明白她喜不喜欢这桩事，也不明白那城里男孩到底对她干下了什么。他在她体内点燃的那一豆火，却燃出一团暖意。

她第二天晚上又来到稻草垛下。男孩把那个凹处做成了个窝穴，告诉女孩，下雨、刮冷风他们都不怕了。

第三天夜里，男孩被什么声音惊醒，伏在窗上一看，整个村的男人都围在他屋外，提着锄头和镐。他从后窗逃出去，发现大路小路上都站着人。六七十条狗同时叫起来，他只得钻进稻草垛下的窝穴。人们的草叉子扎进每一垛稻草。

最后，所有的稻草垛给点着了。城里男孩没有出来。

村里人说他把六七个十多岁的女孩引诱了。村里人爱护女孩们的名声，从来不对她们点名道姓。女孩们太贪嘴，为一块劣质糖果就和他钻稻草垛。十岁的小姑娘心想，他和她之间，可不是一块糖果的关系，他从来没用一点甜头从她这儿交换吻和抚摸。他从稻草灰烬里被扒出来，白面书生成了一段人形焦炭。只有那个口琴，完整无恙。

他对外国的描述，今天看是千差万错的，但那却是小姑娘长大的盼头。她从十岁就相信，她会比村里任何一个女人都走得远——比那些去上海、南京的棉纺厂做了女工的女人走得远。比五十年代跟着土改队走了的女人走得也远。比六十年代考上同济大学的女子走得还要远。她是方圆几百里，上下几千年唯一考上军事外语学院的女孩。那年她十六岁，是考生里最年轻的一名。

“那个女孩就是我。”

她在正式见面之前，把隐埋最深的秘密告诉他，为使这场情谊建筑在最高度的诚意上。他和她的开端该是不一样的，不再充满美妙的误会。她告诉他那段往事，还要他看看，她就是这么个货色，总是屈从感觉。内心和肉体的感觉，在于她，往往大于是与非、爱与恨。

走到酒吧门口，才六点半。还要混掉半小时。不远处有家饭店，她决定去那里。大堂里有钢琴伴奏，她顿时松弛不少。侍者云游过来，悄语问她点什么酒。她胡乱一笑，点了一杯“血玛丽”。她喝得很慢，似乎这样就可以延长失足前的时间。快七点了，夏天的夜晚还远远没到。她打开皮包，却发现钱包不见了。情急中她没忘带牙刷，倒忘了带钱包。她看看那个侍者，他正在和两三个客人饶舌。她拿出军人的机敏，从他身后溜出大堂。

她成功地逃掉了酒账，两脚半醉地向前移。他一定已经等在酒吧里了，心想到手的猎物可别又是一场空。她深一脚浅一脚往他枪口上撞去，以一把牙刷去度一个讲卫生的良宵。侍者现在一定在找她了，想着这个亚洲女人也不年轻了，还在干这种事。她想：我可真行，一晚上能干出两件混账事来。

格兰正在搜捕她吗？他死也不会想到她会来这个Endup，如此异端，供人们脱下苍白的人皮，在这儿青面獠牙。Endup，好名字。两个男领位一身黑地走上来，问她订位没有。酒吧里还没什么人，但密语者肯定已等在那里了。

领位凑得更近些，一个字一个字往外蹦地问："订座没有？"

她闻到一股兽性的浓香。

酒劲开始发作了。她突然把整个事情想明白了。她转身就跑，皮拖鞋"嗒嗒"地响，宛若另一人的步伐。她跑到停车场，钥匙已握在手里。一分钟之后，她的车土匪似的吼一声，冲上马路。

她找到了爬满橘红色三角梅的拱门，没错，消防塔在它斜后方露出塔尖。风景秀丽，她提前自己上门来做客了。她揿响门铃，听见一个女人的脚步穿过小小庭院，来到大门前。窥视小窗口有巴掌那么大，露出二十来岁的一孔嘴脸。女郎问："请问是谁？"

乔红梅笑了笑。没有酒，她的笑绝不会这样温暖。

“我找你。”她叫出了女郎的名字。

又有两个人出现在庭院里，一男一女，都是女郎的年纪。

乔红梅被邀请进门，见一桌晚餐吃了一半，半个比萨还热腾腾躺在外卖纸盒里，啤酒瓶空了三个。她连说：真抱歉，打扰你们吃晚餐了。

“你也来吃点吗？”女郎问。

乔红梅一眼看见客厅沙发上放的那条披肩。她朝它走过去，一步、两步、三步，脚跟、脚尖、脚跟……身体伏下，手伸出去。披肩上的刺绣，是她十一年前在告别小村时买的，那天恰巧有庙会。她把刺绣缝缀在一条原本很普通的羊毛披肩上，成了一件独一无二的衣饰……

等她转过身时，她已决定说什么了。

“你父亲跟我约好见面的。”

女郎定定地看着她。然后她开口了。

“我知道你是谁。他和我常谈到你。”

乔红梅手缠绕着披肩：“我没想到，你这么大了。”

“离那件可怕的事，已经有十多年了嘛。”

“离他消隐，也有十二年了。”

“他全告诉你了。当然，他那么爱你。他说过得到你多不容易。”

女郎有了一丝痛楚，但马上做个鬼脸笑了。

乔红梅感动地想，看来密语者对她动了真格的。

“为什么不公开你们的父女关系？”

“父亲两个月前刚和我联络上。”

乔红梅一想，对了，他两个月前的确说到和他女儿的重逢，有一点点杜撰，基本是事实。

“有很多事要预先计划，”女郎说，“媒体怎么对付，还有我母亲……得做充分的计划。那件事对父亲和我，都是灭顶之灾，我们是创伤累累的人，再禁不住媒体、社会良知人士的善意迫害了。”

女郎又大又深的眼睛周围已布满细密皱纹。乔红梅想：这双老气横秋的眼睛，太熟悉了。

女郎送她出来，要她别担心，她父亲一定会等她，他娇纵他爱的女人。女郎对她挑起眉毛，想做个顽皮状，但创伤给予她的奇特成熟，使表情和面孔冲突。

“你对我父亲比我了解，知道他多么娇纵你。”女郎说。

“嗯。他写给我的信里，可看不出娇纵。不过他的文笔真好。就是总要拼错‘失望’。”

“少一个‘a’，对吧？他总拼错。也许有什么特殊用意。”

她披上披肩，打开车门。女郎扬手一笑。那笑容的熟悉，令她晕眩。

乔红梅开车穿过闹市区。大街两旁是蜡烛的长堤。人们哼着《给和平一次机会》。

一个矮小的亚洲男人举着木牌，嘴里振振有词，在烛光里忽隐忽现。他是个专业抗议者，不论谁抗议什么，他都举一样的木牌，念一样的词，正义庄严地出现在队伍里。很像乔红梅家乡的专业哭丧妇，区别在于这位是志愿的。敌、友阵营变了，利、害关系变了，国际政治格局变了，他是永恒的，不变的。

乔红梅好不容易穿过市场街，来到南市区。快九点了，他一定还在 Endup 等她。她心里生出那么多柔情，要给这个饱受创伤的人。她是这个反战之夜温柔的和平者。不管明天谁和谁成了敌人，谁和谁又和解，她是不变的、永恒的，她总是要爱下去。

她把车停好，向 Endup 走去。这里在天黑之后是被遗弃的，关了门的工厂和店家门阶上，躺着黑黝黝的醉汉。她走上大街，遥看 Endup，像海市蜃楼。就连大街上，也是野性四伏的宁静。

九点十分了。她这个迟到的赴约者脚步坚定、爽利。不再需要任何退路了，她明天就把这个约会告诉格兰。对于她其他的秘密，格兰无望知道了。

离 Endup 还有二十步。

乔红梅不知道，现在在家里的冰箱上，在她和格兰天天留言的地方，贴着一张字条。

“红梅，我和学生们一块儿去旧金山参加示威。是临时做的决定。然后，我有极重要的话要和你谈。本来说好和你一块儿吃午餐，由于我的临时决定让你失望了。大概我总是使你失望。格兰。”

乔红梅更不知道，那单词“失望”的拼写是错误的，少了个“a”。